母语

我爱极了做妈妈

陈晓楠
宁　远
粥悦悦
杨菲朵
三川玲
赵子琪
Yoli
徐哩噜
何　唱
邓　立
芭　蕉
郭小寒
著

丁　颖
郑　枫
主编

北京时代华文书局

序一

致所有玫瑰般的母亲

2016年初夏，距离我创办自己的公众号过去半年，一次偶然的机会，遇到一个眼睛大大的文艺青年，她说，她想做一件听妈妈们说话，听她们发出属于自己的声音的事。

“听她们说话”，不知道为什么，这句话打动了我。大概每一个像我这样的妈妈，都希望自己如玫瑰一般，可是很多时候，我们拥有了玫瑰的刺，却未必得到了玫瑰的美。我们竭尽全力地平衡工作与生活，可总是，有些慌张、有些无措：

——“我不会做蛋糕，为什么我不如别的妈妈能干呢？”

——“我的孩子老爱生病，都是我没有照顾好吧？”

——“老板今天对我语气很差，是对我早上送孩子迟到不满意吗？”

好像没有任何一件事，能够比做母亲，让我们更焦虑、更不允许自己失败。有时候，又仿佛所有的人，连我们自己，都在拿放大镜审视我们身为母亲的每一个行为。我常常在想，真的是这样吗？ 这个世界上有最好的母亲的模版吗？如果真的有，到底是什么样子呢？也正是因为这种思考，促使我离开了大学稳定的教职，去做了一个叫“HeyMom养育研究所”的公众号。这件事情做得越久，内心越清晰地发现，我们自己，每一位玫瑰一样的母亲，太需要被听见、被看见。

所以那一刻，我毫不犹豫地说：“咱们来干这事！”紧接着，“HeyMom 养育研究所”出品了这一系列亲子短视频。在“母语”中，我们集合了多位玫瑰般的母亲。我们全心全意地听妈妈们说话，听她们说一说作为母亲的那些或委屈、或喜悦的故事。

如今，视频中的精彩，都付梓成书。在书里，你会看到她们说：

“好像自己不觉得很辛苦，就真的没那么辛苦了。”

“养孩子，主要是命，和教育关系不大。”

“孩子回来发烧了，我心里就好开心！”

“我的产后抑郁症，是一碗猪肝汤治好的。”

……

很有意思是不是？碰到的每一位妈妈，都让人由衷赞叹、钦佩，都想让我们对她说：“你已经足够好，你的孩子也足够好，我们为你感到骄傲！”

我们在《母语》中想传递的，也是我一直以来思考的问题——做妈妈这件事情，根本就没有所谓“最正确”“最好”，如果一定说要有，就只有最合适。做妈妈之前，首先，我们是我们自己。

正如一位我很喜欢的心理学家所言，“Good Enough”，足够了。《母语》的可贵，在于她为我们呈现了很多不一样的母亲，只是简单呈现，不去判断和评价、甚至是指导。毕竟，又有谁有资格判断我们自己，是不是好妈妈呢？我们是自己孩子唯一的妈妈，这就够了。

为人父母，我们真正需要的，不是成长为儿童心理学家。一个足够好的母亲，需要的是对自己有足够的信心、一个支持性的环境、爱自己的先生，再加上一点点科学、简单、有效的方法，也许，再加上我们自己与生俱来的本能。

“母语”的拍摄，和这本书的最后成型，我代表研究所由衷地感谢所有参与拍摄的玫瑰般的母亲们，感谢在过程中为之付出努力的所有人。希望大家在这里，看到不一样的母亲，看到多元的世界，看到我们自己。

愿每一位孩子和母亲，都拥有最自在的未来！

“母语”视频出品人　丁颖

序二

一切关于母亲，玫瑰般的母亲们

2016 年 5 月初的一天，在大理明亮得脆响的春天里，在一片美绝了的玫瑰花海中，自由摄影师杨菲朵和她的子曰游走在其中，几束天使光透过云层打在他们身上。他们是亮的。我于远处看着，有一种强烈的感觉，每个母亲都是一朵玫瑰，都有着各自美丽和动人之处。

一直热爱美国诗人加里·斯奈德的一句诗“学习花朵，轻快前进”，玫瑰般的母亲们，也都有着各自值得欣赏和学习之处。这些闪亮的点，会成为她们自己的光，同时也值得被发现、被传递，去照亮、温暖，或者启示同为人母的更多同伴们，得以轻快前进。

这，就是我去年发起“母语”拍摄计划的初衷，也是“母语”的意义所在。杨菲朵就是我的拍摄对象之一，书中的 12 位妈妈，则构成了“母语”的第一季嘉宾团。我把镜头对准了她们，记录她们身为人母的真切感受，记录她们和孩子之间的日常点滴，记录她们的家庭，记录很多美好，包括缺陷。

你能看到，陈晓楠首次面向大众谈自己的家事，曝光自己的爱女，她和女儿之间互为玩具的亲子关系令人羡慕，作为母亲，她是愉悦快活的；赵子琪直言“中国爸爸们就那样，不要对他们要求太高”，有妈妈的高质量陪伴就足够了，作为母亲，她是轻松自如的；宁远说出了很多妈妈内心真实但又碍于世俗不敢过多表露的想法——“妈妈不需要伟大，做一个过得去的妈妈就足够了，做一个及格的妈妈就可以了”，作为母亲，她是淡定淡然的；三川玲在哭笑中谈到，如何更好地处理和先生、婆婆及女儿之间的关系，她说最要紧是放下控制的欲望，作为母亲，她是自信满满的；也是在哭笑之间，粥悦悦谈如何走出产后抑郁症的阴影，如何做到女主外男主内，作为母亲，她是骄傲自豪的；邓立分享如何用白纸黑字的协议方式来处理和儿子之间的一些日常事宜，让孩子从小树立契约精神，懂得承诺的意义，作为母亲，她是清晰理智的。

杨菲朵坚信，不能因为担心养出一个“妈宝男”，就隔断和儿子之间的亲密链接，她享受和儿子一起的“抱抱亲亲”，作为母亲，她是笃定不移的；Yoli 反其道而行之，不因自己是画家而非要孩子学画，接纳孩子对万事万物的天真想象，比如，太阳是黑的，作为母亲，她是水般包容的；郭小寒以摇滚的方式，带着女儿一起浪一起耍，以非常规的方式育儿，作为母亲，她是特立独行的；芭蕉用“低一半的高度，慢一半的速度”带孩子，这是亲子旅行的真理，也是日常陪娃的准则，作为母亲，她是百般耐心的；哩噜为了孩子的身体而学医，几年间成为专业推拿师，为和孩子一起更好地接触中国传统文化，她每日读诗诵经典，作为母亲，她是极具学习精神的；何唱身处法国，她说，好友、性爱、指甲油、泡澡，等等所有的一切，作为女人来讲，都是和孩子一样，不可分割的，作为母亲，她是优雅洒脱的……

当我面对她们时，一次比一次更深入地体会到“母亲”这个身份的特殊性，乃至于，我会觉得，“母亲”是独立于男人和女人之外的第三种人，她们不一定是伟大的、无私的、含辛茹苦的，但很多时候，她们不得不比谁都坚强有能量，比谁都有耐力有毅力，比谁都更懂得屎尿屁的意义。

而无论是怎样的一个女人，当她以“母亲”的身份来发声时，她都是不一样的，每个人各有独特之处，有的更温柔了，有的变生动了，有的成话痨了……总之，“母亲”的身份，和孩子的共同成长，让身边的这些姐姐妹妹们得到了再次蜕变，变得更丰富更立体了！

但“母亲”的身份也仅仅是她们的身份之一而已，这些妈妈们，包括我自己，我们都不是围着孩子团团转的妈妈，我们首先是我们自己，正如何唱所说的“be a woman，then mother”。我们爱做妈妈，但前提是，我们更爱自己。不过好自己，如何养好孩子？

其实，我们就只是执着于让自己和孩子都过得更好的女人。

“母语”项目发起人　郑枫

目 录 CONTENTS

目录 CONTENTS

目录 CONTENTS

目录 CONTENTS

我们都是
执着于让自己和孩子
过得更好的女人

1/12 宁远

“做了母亲，我的感悟就是要不断地自我提升。如果我没有做到，我不知道应该如何让孩子做到。如果我做到了，我不需要让孩子去做到，因为她已经看到了该怎么去做到。”

——宁远

写作者，两个女儿的妈妈，前媒体人，前大学教师。曾经担任电视台记者、编导、主播、制片人，获得过中国主持人最高奖“金话筒”奖。2011年后走下讲台离开主播岗位，经营原创服装品牌“远远的阳光房”。出版散文集《把时间浪费在美好的事物上》《丰收》《真怕你是个乖孩子》，绘本《远远的村庄》等。

■ 更多宁远亲子视频，尽在公众号“HeyMom养育研究所”

「她 说」

一个女人因为做了妈妈，她体内的“母性”就会被慢慢唤醒，更多时候，我只是用我作为母亲的天性来面对女儿。

孩子都是从天上来的，每个孩子都是完美的，都是天使，孩子没有问题，真正有问题的是我们大人，是大人的世界有问题，我们应该是向孩子学习。

做母亲会让一个女人从生命和自然的角度去感知世界，这是我以前没有想到的，这应该就是所谓的“接地气”。对生命有敬畏，怀抱一颗谦卑的心，你就不会狂妄到只想去教育孩子，而不打算被孩子教育。

我这个妈妈只是在陪伴孩子，并且一边陪伴一边偷着乐：呀，我又从这个小家伙那儿感知到这个，或者那个。是的，我是带着一点点窃喜在注视着孩子，在抓住每一个机会让自己成长。

我曾经对女儿爱得手足无措，慢慢地，女儿让我学习到，生命成长是一个奇妙的过程，有自己的节奏和规律，需要我们尊重。她是个独立的个体，她会长成她的样子，我要做的只是给她安全感和坚定的爱。

两面镜子

生命里似乎没有一件事是准备好了才开始的，包括生孩子，包括三年之内生两个孩子。

曾有句话，看得我莞尔：文艺青年这种病，生个孩子就好了。要有人不信，我可以补一刀：生两个孩子，看看你好不好？

前些天遇见一位朋友，过去常常泡在一起玩的，她说：这几年都没怎么见到你了啊。我接过话头感叹：呵，这几年啊，生下两个孩子的这几年。

其实没什么好感叹的，生孩子是一件自然的事情，带孩子也是。辛苦不辛苦都是生活，这世上没什么事是不付出就可以做好的。相比而言，带孩子是最不辛苦的了，因为过程太有意思了啊。

判断一件事该不该去做的标准其实可以很简单：你是享受做这件事的过程，还是仅仅为了得到某种结果？

孩子给父母的东西远远超过付出。在我接触的妈妈里，没有谁会因为生下孩子而后悔，不管生几个。当然，不要孩子也没什么不好，任何一种生活方式，都可以找到热爱它的理由。

那么，生第一个孩子跟生第二个孩子有区别吗？

当然。

生老大之前，我是飘在空中的，眼睛望向很远的地方，那些够不着的事物对我有特别的吸引力，整个人是外求的，是竞争型的。那时候穿高跟鞋，化烟熏妆，走路昂首挺胸目不斜视，自认为有个性，看不起这个看不起那个，却又特别需要得到外界的承认。

生第一个孩子，就是“dang”的一声从空中被拽到地面——啊，原来真实的生活是这样的。初为人母，是内在探索的开始——我想弄懂生命，我想认识自己，我希望身体和心灵的某些部分觉醒，我对“成长”的需要超越了很多东西。

生老二是舒缓而自在的，整个人放松下来，更多时候，能够享受“成为一个母亲”的事实。

生老大之前，家里一堆育儿书，从《好妈妈胜过好老师》到《一岁就上常青藤》，饥不择食。生老二时一本也没读过，正应了那句话：老大照书养，老二当猪养。怀着老大时，整整十个月没有奔跑过，不得已要坐一次飞机，全家人护送。怀老二时满世界跑，常常忘记自己是个孕妇。

生了老大，就想着为了孩子让自己变得更好，于是对那个“好”过于执着。虽然更好不是更成功，但人一旦陷入比较式思维，就会给自己压力。

那时的我患得患失，自责，不接受自己是一个不完美的妈妈，花了很长时间才从这种焦虑中走出来。

生老二就没有这个过程了，“差不多可以了”“过得去就好”“已经很不错了”……这样反而修正了生老大时的过度在意。

特别神奇的是，现在两个孩子就像是我的两面镜子：姐姐爱哭，很在意别人的评价，认真执着，乖；妹妹皮实，我行我素，天不怕地不怕，懵。

我相信这不是巧合。

带孩子下乡，种下一个故乡

一场大雨，洗落了山村里四处飘荡的尘沙，树叶更绿了，小草钻出来了，路面也变得泥泞。我牵着女儿在村子里走，是黄昏，太阳还没落山，有雨后的彩虹。

那些凹凸不平的小路让两岁多的女儿不知所措，尽管穿了一双高帮布鞋，她仍然踮起脚尖，一边走一边要我抱她。

“妈妈，抱我。”这是她来到乡下的头两天说得最多的四个字。

她还说，地上有蚂蚁，有虫子，有大狗，有稀泥巴，有垃圾……怕怕。

我说，不怕，这里没有垃圾，这些东西都是干净的，我们一起走，她就努力往前走。

第三天，她敢走了，慢慢地，还要故意把脚踩进淤泥，叭嗒叭嗒，溅起来的泥巴打湿了裤脚，抬起头傻傻地笑。

这场景我曾无数次幻想过。等我有了孩子——很多年前我这样想——我要带着她回到我出生长大的小山村，牵着她的小手走泥巴路，呼吸雨后的空气，听小鸟的叫声，看小草怎样春风吹又生。

始终觉得，一个孩子，如果没有与真正地大自然融为一体过，将会是一生的遗憾。

又过去两天，她敢一个人在院子里玩儿很久了，外公家里那只叫仔仔的老狗变成了她形影不离的好朋友，她会趁它不注意扯它的尾巴，会对着它说，你过来嘛，姐姐给你好吃的……她还摘下外公种在露台里的毛豆给我，捡来树枝做玩具，用泥巴搭房子，或者一屁股坐地上抓小蚂蚁，蹲在鸡窝旁看母鸡下蛋……

有一天，带她去村子边上的小溪，看水牛在水塘里洗澡，水牛从水塘里出来的时候，试着把她放在牛背上，她一开始紧紧拽住我的手，慢慢地，我感觉到她的小手越来越放松，一边这样一边对我说：妈妈，我不怕。

我们在这样玩儿的时候，村子里的一群小孩子从远处跑了过来。

这是一条田埂路，只能容得下一个人通行，路的两旁是收割完蚕豆的土地，长满了杂草，很多小坑，是牛的脚印，里面装满了雨水。

这些小孩子可不会排着队乖乖地从小路跑或者走过来，他们手里拿着树枝或者别的什么东西，咿咿呀呀地吼着叫着，你追我赶，有人在田埂路上跑，有人从后面追上来在地里跑，有人跑着跑着就跳到另一块地的田埂上，有人张开双臂想象自己在开飞机，跑得最快的那个小孩子年龄大些，六七岁的样子，他最先跑到水塘边，没刹住车，一

脚跨进了水塘里，赶快收住，一只鞋子完全打湿，嘴里下意识地喊了声：遭起了！

有一个小孩子居然还爬上了水塘边的一棵黄桷树，从一个枝丫攀缘到另一个枝丫，像只小猴子。他的手和那些树枝好像是一体的，那树枝给予了他力量，他只是被那力量引导着。或者，就好像，那些树枝都长成了他想要“利用”的样子，他选择抓哪一根树枝都是无意识的，就像呼吸一样自然。

这群小孩就这样由远及近，带着肆无忌惮的笑声和尖叫，带着满身的泥土，带着鼻涕和汗水由远及近，像一股热浪把我和女儿包围。

这场景我应该不陌生的，小时候我不也这样么，可是此时看来，竟然那样惊奇。我看他们从一个田埂跳到另一个田埂，从一根树枝爬到另一根树枝，看他们奔跑得那么从容（像在飞），就好像有什么东

西在左右着他们的平衡，他们就是这自然的一部分，像一群小动物，对，就是接近动物的美好的本能。

女儿完全呆住了，看得出她多羡慕那些在她看来拥有超能力的小孩，她多想加入他们呵。

半个月过去，女儿有了村子里的好朋友，我家对面的小表妹，她们差不多大，每天女儿都拉着我串门到表妹家，直到很晚才心不甘情不愿地回来，她们一起给小山羊喂草，给小兔子洗澡，当然，也要听我讲故事，这是小表妹最喜欢的环节。

有一天晚上舅舅从城里打来电话，女儿接了，舅舅在电话那头问，要不要回来啊。女儿说，不回来。舅舅问为什么呀，女儿回答：这儿有大白鹅和表妹。

大白鹅是女儿在城里的时候最喜欢的一种小动物，当然她那时候并没有看到“活的”大白鹅。朋友送的绘本《绿池白鹅》是一个很优美的故事，讲小朋友和两只鹅的故事，绘本是水墨画，里面讲到白鹅如何温柔美丽，这下看到真的了，表妹家有三只呢，所以可以想象出她的惊喜。每天这三只大白鹅神态安详从我们门前走过的时候，她都跟在后面走出好远。

除了鹅和水牛，还有松鼠、大公鸡、猪、小鸭子、小白兔、蚕宝宝……

除了动物们，还有长在树上的桃子李子，森林里的野花和小蘑菇……

短短一个月，女儿正慢慢融入山村的世界，她的胆子更大，双手比过去粗糙，小脸蛋红扑扑的，也可以慢慢保持半飞的状态跟在那一帮小孩子后面屁颠屁颠往前跑了。

两三岁的小孩子，你把她放在一个自由的环境里成长，她去听，去看，去感受，去依靠本能认识事物，我相信这种由感觉产生的对自然和外界的认识会成为她这一生宝贵的经历，也会作用于她今后一生的成长。

“去听，去看，去感受”，说来简单，可是对于城里的孩子来说，要认识大自然几乎是一件奢侈的事，动物们被关进笼子里，草地禁止踏入，路面是水泥的，花儿长在花台里，蓝天不再蓝，阳光也没山村那么耀眼，就连吹进城里的风也缺少了野性的气息。

所以，很庆幸，我是个乡下孩子，更庆幸的是，等我长大了，还可以带着我的女儿回乡下。

当一个过得去的妈妈就可以了

一个朋友带着她的儿子来我家，她的儿子三岁多，和我女儿正好玩儿到一块。我们好几年没见面了，有很多话想说，又差不多同时当了妈，讲起孩子自是投机。我找出女儿的一堆玩具让两个小孩儿玩，我们就坐在旁边喝茶聊天。

可是，聊天的过程并不顺畅，她的儿子和我的女儿不时会出现一些摩擦，她总忍不住要去管理、参与和干涉。即使两个小孩儿没有摩擦，玩儿得很愉快的时候，这位妈妈也无法集中精力和我交谈，她对我说出的很多话都只是应付，她一直在分神观照旁边的孩子。

比如有一会儿，我正说着话呢，她突然哈哈大笑对着儿子比起大拇指：儿子你好厉害！原来，她听到了她儿子和我女儿的对话。我女儿说：我长大了会长到楼顶那么高。她儿子接过去：我长大了会长到天上那么高。听到男孩子得到了表扬，我女儿赶紧说：我长大了要长到那么那么那么那么高。她笑得更大声了：你也好厉害！

我跟她说，我们好不容易见一次面，好好聊天不好么，小孩子自已玩，出了问题他们自己解决不好么。她哈哈笑着说是，可是一会儿两个孩子闹别扭了，她又走过去当起了裁判。待在我家的三四个小时里，我至少听到这位朋友问儿子五到六次：你错了没有。而每一次，就像是条件反射，儿子张口就来：我错了。

比如，她的儿子抢走了我女儿的玩具，女儿哭了，她立马走过去：宝宝，不能抢妹妹的礼物，你错了没有？儿子回答：我错了。再比如，儿子不好好吃饭，把勺子扔到地上玩，她捡起来，问儿子：错了没有。儿子回答：我错了。

这一遍一遍的“我错了”，是不假思索的应付，不是表达，更不是交流。我觉得一个小小男子汉，动不动就跟人说我错了，挺那什么的。我说，我家小姑娘都很少说我错了，除非她真的觉得她错了。她说，我儿子就是很听话。

又一会儿，儿子摔倒了，她两秒钟之内就冲了过去抱住儿子：儿子，不哭不哭。她儿子还没有哭呢，她这么一说，果然哭了。她又不停地跟儿子讲道理，讲些小男孩要勇敢要坚强之类的话，这让儿子哭得很不连贯。

饭后不久，儿子说，妈妈我要上厕所。她立马做出惊喜的表情：儿子你好棒，天天都能主动要求自己上厕所喔！女儿听了她的表扬，凑到我身边：妈妈，我也要上厕所……她说这叫“赏识教育”，从小鼓励孩子，孩子长大会更自信。我不赞成，取笑她：你儿子拉个屎你都要表扬。她却说我太落后。

这位朋友以前上着班的，生了孩子之后回家做起了全职妈妈，她没什么爱好，带孩子几乎是她生活的全部。看得出她对自己的表现相当满意，她还给我介绍了好几本育儿书，国内国外的都有。

离开我家的时候我问她，带孩子辛苦吗？她一脸凛然的样子说：辛苦啊，但有什么办法，孩子长大点就好了吧。她小时候自己和父母离得远，在外婆家长大，她说，自己童年缺失的，没有拥有的，都要让孩子得到。

“当一个过得去的妈妈就可以了吧。”我劝她。她笑说，你呀你，一点不要求进步。到了门口，她抱起儿子回过身说：儿子，跟阿姨说再见。儿子乖乖地说了声再见，她满意地亲了儿子一口，转身走了。她自己倒没说再见。

他们走远了，她儿子乖巧的样子却一直在我眼前挥之不去，不知怎么就有些心疼。心疼他碰到这样一位热衷于“教育”的妈妈。

我们都不太懂如何教育孩子，你可以陶醉在“教育”当中，而我选择和孩子相处。成长是一个美妙同时又充满自我修正和完善的过程，很多东西，依靠“教育”是不可能获得的。就像如果孩子摔倒了，你不给他体验疼痛、战胜疼痛的机会，他最终如何明白什么是坚强？

我想，好的教育应该至少有一个标准吧，那就是参与者（施教和受教双方）没有感觉到教育的存在，但它却实实在在地起到了作用。换句话说，我还不太清楚好的教育应该是什么样子，但我知道坏的教育是什么样子。

在我不确定哪种教育方式更好的时候，我宁可选择什么也不做，我就做一个过得去的妈妈就好。用一个妈妈的天性来面对我的孩子，就像我那没有上过一天学的妈妈面对我一样。我的妈妈，她可没看过什么育儿书，但如今看来，她很多时候无意识地与我的相处，影响了我成为今天的我。她首先是一个好女人，然后才是我的好妈妈。嗯，我的意思是，我对今天我的样子还比较满意。

“很不好的轮回，当年父母苦口婆心的劝告，如今又通过自己传递给孩子。如果通过说给孩子听来自我忏悔，不如面壁修行；如果下意识说给孩子听，而要传递回自己，不如择其优者践行之。践行的父母对孩子有莫大意义。教育形态最无力的，是口若悬河，滔滔道理之水父母口中来，会把孩子的慧根淹没。”我看到另一位妈妈韩谨在她的微博上说。

做了母亲，我的感悟就是要不断地自我修炼，自我提升。如果我没有做到，我不知道应该如何让孩子做到。如果我做到了，我不需要让孩子去做到，因为她已经看到了该怎么去做到。

■采访手记：不做只围着孩子转的妈妈

郑枫

2015年11月底的一天，在成都的冷冬里，宁远带我走在她的母校四川大学校园里。她说要带我去看那一条整排都是银杏树的小路，那会儿的银杏叶都是金黄的。于是，我们走呀走呀，穿来穿去，路过了无数法国梧桐，却始终没有发现那条银杏路。在随意找寻的过程中，我们淡淡地聊天，聊各自的生活、各自的感情、各自的经历。

她说道，多年前，自己刚进入媒体行业时，是多么地拼，多么地用力，在一次到深山麻风病村的采访中，她是唯一一个靠自己走着进村又走出来的女孩……

我说道，这个冬天是我蛰伏得最深的冬季，我希望自己能尽快醒来。

她说道，会的，我们都在越来越接近自己……

我心里想的是一句矫情的话，我们都在努力地向美丽生长……

这一个早上，我们在四川大学的校道上，完成了一万步的行走，然后都把那条银杏路给忘了。

而就在前一天，我们在成都郊区的明月村里。在那，有远远的一片新的小天地——阳光房草木染工房。我们在那里完成了《母语》第一集的拍摄，其实是，完成了《母语》样片的拍摄，这事是否能成，那会儿压根还不知道呢。

我们拍摄远远和她两个女儿，小练和气气，拍她们仨在乡间玩耍、摘菜、喂山羊……拍她如何带着女儿们，种下一个故乡。

我和她还有一场近一个小时的交谈，谈她身为人母的感受，谈她养育孩子的做法。她还说："如果这会儿坐在我对面的不是你，我可能不会讲这么多。"我和她，是同年同月的双鱼，认识好些年了，但这样的聊天，还是第一次。

样片出来之后，我开始四处寻找投资，远远一路都在帮忙。而《母语》的概念以及宁远版的样片确实打动了不少人，出现了我需要在不同投资方之间取舍的状况。但因种种原因，波折不断，迟迟无法敲定，直到样片拍摄完的 4 个月后，才最终选定了现在的投资方 Hey Mom。

在那 4 个月里，确实经历了太多太多，以至于我多次设想，如果有一天，事情真的成了，我可能会痛哭！最后，事真的成了之后，马上忙碌起来，根本没时间痛哭，倒是有一天做梦，梦见自己抱着远远哭，高兴地哭。其实心里特别特别感谢她，一开始毫不犹豫地答应，以及后来坚定不移的帮助。我甚至开玩笑跟她说，《母语》因你而起，没有你，就没有今天的《母语》。

现在回过头看远远的片子，她在无数个小瞬间里戳到了我，我希望也能戳到你们。她是一个和我比较像的妈妈，我们对育儿这事都没看得“太重”，我们都允许自己只做一个过得去的妈妈，最关键的是，我们都很注重“自我”的存在。我总在想，在中国，大部分的妈妈，在生了孩子之后，就失去了自我，远远恰好相反，她因为孩子才找回自我。包括接下来的很多妈妈们，她们都很好地做到了“先做一个女人，再做一个妈妈”，而不是有了孩子没了自我。这一点，也是《母语》要传播的理念之一，我们不做只围着孩子转的妈妈，我们首先是我们自己。

2/12 杨菲朵

“孩子，不要为这个标准化的世界感到震惊。你可以随意生长，可以选择和你喜欢的人交朋友，可以表达你的爱和怕。你也可以哭，很多人会说男孩别哭，不要信他们的。”

——杨菲朵

自由摄影师、自由写作者。

曾供职媒体十年有余，分别在《新周刊》《三联生活周刊》《华夏地理》担任美术编辑和摄影总监，于 2009 年辞职从北京移居云南大理，以女性内在成长为题材，进行摄影和写作。家有一子。

■ 更多杨菲朵亲子视频，尽在公众号“HeyMom 养育研究所”

「她 说」

对于孩子来说，不需要说什么大道理，他只需要拥有一个稳定的妈妈，不会在他身边传播沮丧、抱怨、指责，不在他身边对别人进行武断否定和评价，也不煽动他去作战抗争。她要让孩子相信，无论遭遇什么经历，都可以回到家，并且获得无条件的支持与肯定。

子曰带给我的收获是他打破了我的局限性，打破了我对自己人生轨迹的一个认知，在生他之前的 33 年我都是在用我的理解去控制自己的生活，在孩子身上我学到了很多另类的方式，才发现原来是可以这样解决问题的。

随着子曰每一年的成长，我也像一个小女孩，会再一次经历我的四岁、五岁、六岁，我会面临我的孤独感、不合群以及我的学习问题。我需要和孩子一起成长，然后给予孩子尽可能多的理解和支持。

给子曰的一封信

孩子，有时我会对你大喊大叫，这真令我感到震惊。我从小就是一个对强权特别叛逆的人，讨厌被镇压，被教育，被呵斥，然而当我失去耐性的时候，也会成为一个镇压者，每当这种时候，我都会被自己吓到。

你就像一面小镜子，让我看到了最不喜欢的那个自己。

孩子，不要为这个标准化的世界感到震惊。你可以随意生长，可以选择和你喜欢的人交朋友，可以表达你的爱和怕，你也可以哭，很多人说男孩别哭，不要信他们的。你小的时候我总是抱着你，你一哭我就抱，给你很多很多的安慰。我不希望你成为一个匮乏的婴儿。

如今你四岁了，你在前面跑的时候我渐渐追不上你。尽管我们还不能坐下来好好聊天，但有几件事情我希望你能早一点知道，或者说我是一再提醒自己，别被社会集体意识的洪流卷走。

子曰：

如果你喜欢热闹，我祝福你，友谊和人群自有它的意义和温度。如果你不太合群，我也会恭喜你，甚至为你感到自豪，至少你没那么容易被控制和绑架。我希望你一个人独处的时候能够坦然自在。如果谁告诉你孤独是可怕的，是羞耻的，别相信他。独处是一种非常好的能力，它能让你拥有完全不同的人生，得到更大的自由。人们寄居在这世上，本来就是孤独的，这个词将与你同行几十年。不要怕，与它共处，你要学习欣赏孤独的美，并善于利用它来进行创造。创造是生命的清泉，具备源源不绝的能量。一个人可以独处，才可以健康地与他人共存。

如果你得了第一名，我会为你鼓掌，但我不认为来自外界的奖赏是一件特别重要的事，它可有可无，永远不必挂在心上。更不希望你费尽大半生沉迷在别人的目光和赞美里。我只在乎你是否觉得欢喜，是否热爱自己的生活，只要别虚度你的生命就行。什么叫不虚度呢？你心里升起的本能是真实的，头脑经过判断和算计是虚幻的。孩子，去听从内心的渴望，头脑是自卑的，用你的心来帮助它，给它力量。

去玩。此时此刻你眼中看到的一切都是游戏，它们都在为你闪闪发光，玩具、学校、高楼、商场、男人、女人、寺庙……一切都是玩，利用它们玩儿出自己的纯真世界。妈妈已经 37 岁了，之前有些年过得非常严肃，有了你之后开始学习如何玩儿，用玩儿来滋润自己，养活自己，同时对别人有一点帮助。谢谢你带领我成长。

学习友善。友善不太容易，也不是平时我们告诉你的所谓分享，并不是那么简单。关于友善，我暂时不想告诉你应该如何去做。目前我只能先解决自己，进行自我教育。

有了你之后，我作为一个大人开始极速成长，这种变化是真实的、不容拖延的、非常严格的。我看到在成人世界发生的一些事，有时候会不知不觉给你展示阴暗的东西。

比如成人世界里的幸福标准往往是单一的：这个人有钱，有地位，有人脉，他就是成功的。只要周末带着你去百货公司的游乐场就能看到，成年人的自卑和不安全感正在教育孩子：如何占便宜，如何超过别人，如何抢东西，如何避免被欺负，如何还击对方，如何揣测别人的心理，如果没有得到回报心里升起的怨意，被忽略时表现出的反击……人们当然没有恶意，只是头脑占了上风，内心是不自知的。成年人得到的爱和安全感太少，一代一代地繁衍以至于越来越匮乏，犹如惊弓之鸟。

有了你之后，我常常变得无话可说，之前的愤怒越来越少，沉默里有很多温柔，也有很多悲伤。理性、自省、觉知，加上对人性的怜悯，让我不知道该如何说起，不知道该如何在生活里运用自己的能量，又如何在这个世间保持一种平衡。我要求你的，如果你做不到，那一定是因为我自己做得不够好。

尽量不麻烦别人活着，可以稍微任性一点儿。但不代表要给别人带来麻烦，这种分寸还是很重要的。

你可以要求自己对别人好，但不用要求对方回报。没有什么人是不可取代的，没有什么是必须拥有的，你的快乐仅仅在付出的那一刻已经完成。如果你看不透这一点，未来的生命就会承受很多烦恼。

我身为母亲，不会时时刻刻在你身边。你不仅仅是我的孩子，还有父亲，有外婆外公，有爷爷奶奶，年少时你需要去记得这些家庭关系，找到家族系统的平衡。而最为重要的是，你要成长，我也要，我会不定期离开你去做自己的事，也时常需要独处。在你一岁的时候我恢复工作，一边背着你拍摄，一边旅行，两岁之前我们的共处方式非常美妙。这些年我做了不少事情，接下来还会越来越忙，我将要做的事情也会给你带来一些新鲜的体验。身份的转变和年龄的增长，不会让我懈怠。时间不够用，但总有很多时间，我们会待在一起。

对你，我没有过多期望。仅仅希望你的童年像一个真正的童年，可以自由自在地喜悦玩耍。我会尽可能带你回到离大自然更近的地方，带你去旅行，体验更多的世界。如果不是你自己要求，我不会建议你参加任何课外的学习。过早去灌输所谓的知识和技能，只不过是成年人的自我安慰。

孩子，慢慢来，没什么可着急的。你是这样聪明、灵动、温柔、甜蜜。大多数时候不是我来教育你，而是你在引领着我。你的洁净和我的浑浊相比，充满了老灵魂般的智慧。每当我的焦虑升起，眉头皱起，对你大叫大嚷，甚至扬起手掌想要揍你的屁股，等回过头来总是

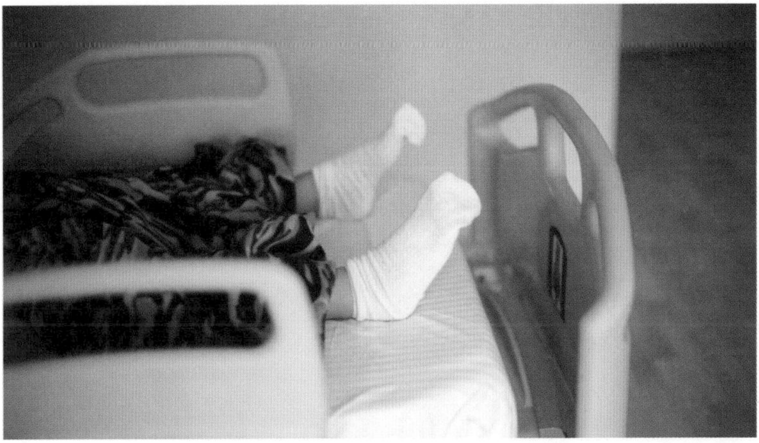

为自己感到震惊。我知道你的爱无与伦比，你永远都会原谅我。

亲爱的孩子，当你感觉在成长的时候，一定要为自己庆祝。幕布已经拉开，演员就要上场，欢喜和悲伤都在那里。我能为你做的，无非只是学习做一个坚定的母亲，坐在渐渐暗下去的观众席里注视着你。

爱你的妈妈

杨菲朵

我有一个温暖的男孩儿

几个月前，受郑枫邀请参加《母语》的视频拍摄。一开始就和郑枫坦言，不太喜欢谈论亲子话题，因为我实在不是一个社会标准之内的好妈妈。曾有亲子类杂志做过专访，结果根本没办法出版，没有理论体系，没有明确观点，即使有一些个人体会，也并不适合大众传播。准确地说，作为个人成长依然是我的主线，至于孩子，他自然会跟着父母的脚步，在原生家庭的大体格局之内，慢慢长成一个新的人格。

在整个采访期间，郑枫完全没有主观引导，这让我非常感激，也因此愿意用最大的真诚来分享自己作为母亲的感受。无论是谈话，还是写作，或者是其他类型的创作，“真诚”永远是一个最重要的标准。在平时，子曰除了上幼儿园之外，平时我极少带他参加亲子活动，一来是因为幼儿园的集体生活已经足够多，其他时间我希望他能学习独处，而不是永远依赖团体；二来也是因为只要超过三个孩子，我自己会觉得非常疲惫。倒不是我不喜欢孩子，恰恰相反，我喜欢他们。也许是因为我自己喜静，孩子们在一起，如果家长们不去规范孩子的行为准则，整个环境和气场就会变得非常混乱。

对于孩子，我的教育理念很宽松，比如他可以吃糖，可以玩游戏，可以吃冰棒；但同时我也非常严格，比如吃糖之后必须刷牙，玩游戏的时候要调低音量；每天只有中午最热的时候可以吃冷饮……不同的家长，点不一样，所制定的规则也不一样。新时代的父母，几乎每一个都是教育专家，大家在一起的时候都喜欢谈论教育，然而教育是什么呢，无非就是做好自己。当亲子教育脱离家长的自我教育，无非是纸上谈兵。

还有几位好朋友也接受了《母语》的专访，服装设计师宁远、演员赵子琪、画家 Yoli、主持人陈晓楠、杂志主编邓立、主持人李蕾，等等。这些女性身上都具有一些特质是我所喜欢又没有的。但同时，我们又都是妈妈，都在当妈妈的过程中一边摸索，一边坚持着自己的个人道路。看着她们在不同的城市，不同的领域里为了想要成为更好的自己，付出那么多的努力，心里会生出很多的温柔与爱。我和子曰的视频一共编辑成了三个部分，分别在不同的时间段播出。感谢《母语》团队专程飞到大理记录下我和子曰的这一段成长，谢谢郑枫，这是一份珍贵的礼物。

看完小样，我和子曰都笑得前仰后合……

因为里面有一个镜头是他搂着我，特别温柔地说：“妈妈，你好香呀，好好闻！”之所以我们都笑了，是因为彼此都心照不宣，这是一句甜言蜜语，他在哄我开心……傍晚散步时，我会搂着他的小肩膀对他说：“子曰，爱你哟！”他也自然而然地回应：“我也爱你，妈妈。”

过了五岁生日，一下子进入温暖友好的年龄段。孩子的安全感得到有效建立，开始渴望有亲密的朋友，同时也特别善于表达自己的情绪。对我们俩来说，这些亲密语言既是正式的，也是游戏，同时也是表达练习。事实上，我第一次看到情感可以在一个男性身上流畅地表达出来，有一些小遗憾，因为他不是我的父亲，不是我的爱人，不是我的朋友，而是我五岁的孩子。在表达情感的这个部分，我无法带领他，恰恰相反，是他带领我穿越局限。在遗憾的同时当然也很幸福，尤为令我感动的是他的示爱与示弱。生气或悲伤的时候，他瞬间就可以泪水横流，哇哇大哭，但恢复得也极其迅速……成年人终其一生学习的课题，在一个孩子的天性里，就像冬雪必须落下，春天的树枝必须发芽。

子曰生于六月初，三岁整的时候在广州上了幼儿园，是全班最小的那一个。他生性敏感害羞，并不擅长与陌生人相处。每天早晨校车一停到家门口，他就开始跑，我在后面像是捉小鸡一样地追他，哭着去上学成了家常便饭。即使去了学校，他也从来不上课，只是待在教室后面玩玩具。半年之后，他重新跟着我回到大理。我们用了很多时间去旅行，去爬山，去溯溪，去玩儿……直到四岁半，又重新开始上幼儿园。这一次，他成了全班最大的孩子，个头也是最高的一个，之前的老问题很快就得到解决。这下子，我每天去接园，他都不愿意回家……我忽然明白，男孩子的年龄、身高、体型会为他带来什么，安全感又会为他带来什么。

有一次，我放了一张和子曰拥抱的照片在微博上，引来很多评论。说我和孩子过于亲密，容易让他陷入情感依赖，甚至是身体意识的过早觉醒。我思考了一小段时间，还是决定照着自己的方式走下去，不去理会成年人的那些害怕……无论是老派还是新派的教育理念，几乎都会抱着一种与男孩子疏离的态度。大部分男孩子从小不被重视，不在意穿着打扮，不允许流眼泪，不允许撒娇……这些年我开始慢慢体会到作为一个男性，从小生活在母亲、外婆、奶奶、女老师、女朋友和妻子的控制之下，真正的男性能量一直被压抑的痛苦。他们不被真正理解，也不被真正接纳，这种缺失是从童年开始的，是从父母的谨小慎微和吝啬开始的。

人们为了避免养出一个“妈宝男”，避免他长大后太软弱，就选择切断一部分和儿子之间的情感联结，回避了亲吻、拥抱、宠爱和亲密的肢体接触，而更多地选择了用纪律、制度、严厉的方式去迂回地

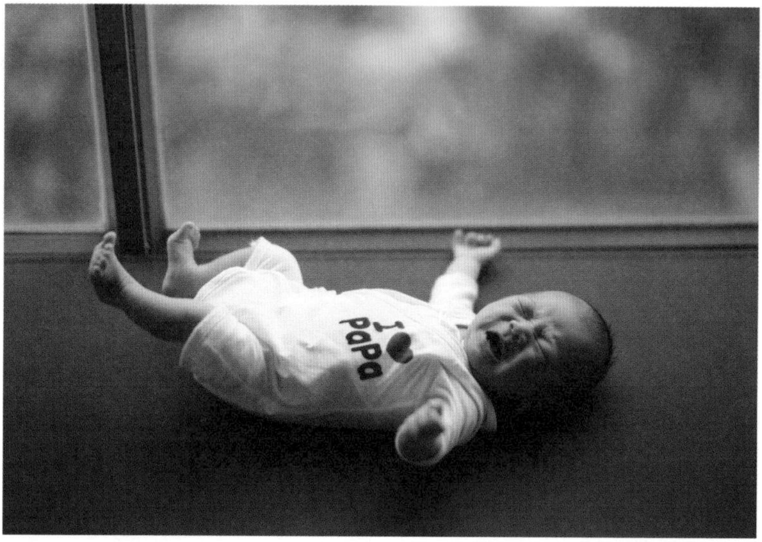

表达爱。还有很多家长，认为男孩子就应该扔进复杂的人际战争里，任由他自己生长。我曾遇到过很多情绪压抑，表达受限的男性，在他们的内心深处总觉得自己没有被爱过，表面是优秀有才华的人，其实却是非常缺乏自信的人。

作为女性，我同样是在这样的教育理念下成长的。没有被无条件地宠爱过，没有经历过骄纵的女童时代，一下子就直接长大了。我沾沾自喜地带着乖巧、懂事、知书达理的面具活了将近四十年。直到此时此刻，我依然不懂得该如何利用自己的女性能量，只是非常善于用独立、坚强、成熟这样的特质来伪装自己。

母亲是否充满爱，能否在日常生活中保持安定和平衡，能否及时给予孩子情感的回应，都意味着孩子在探索世界时是否拥有坚强的后盾。对于孩子来说，不需要说什么大道理，他只需要拥有一个稳定的妈妈。这个妈妈，不会在他身边传播沮丧、抱怨、指责，不在他身边对别人进行武断否定和评价，不煽动他去作战抗争，这是最基础的幼儿教育，也是基于母亲特有的能量所能够传递给孩子的品质。她要让孩子相信，无论遭遇什么经历，都可以回到家，并且获得无条件的支持与肯定。这种安全依恋，并不会因为孩子的性别而有所改变。

规则与亲密，缺一不可。

子曰四岁的时候，给他写了前面那封信，很多话在今天看起来依然新鲜。

2016年6月7号，子曰年满五岁，本来想继续给他写信，但因为恰好出差不丹就耽搁了，刚好借这里简短写下几句对五岁孩子的要求与祝福：

1. 可以继续玩儿，单纯地玩儿。七岁之后，就应该有方向的玩儿。

2. 你非常自由，但前提条件是不要给别人带来麻烦。比如：在公共场合要遵守规则，吃饭、说话、哭、玩IPad、做游戏……无论做什么，请记住前提条件是不要影响别人，说话小声一点，不要在公共场合大声喧哗，这是每个人出门在外的基本礼节。

3. 你有权利对第一次见面的人保持沉默，可以不说话，但最好能给出一个微笑表示善意。

4. 去别人家做客，不能随便翻东西，不能随便上床，更不能在床上蹦高，床是非常私人的物品；同样，如果有小朋友来我们家做客，也要对他有相同的要求。

5. 不要浪费粮食，每一粒米都很珍贵。

6. 保护好自己，同时不要欺负比自己小的孩子。

7. 无论遇到什么事，不要说脏话，不要排挤别人，更不能取笑别人。这是作为一个男人应该有的品格，即使你今天只有五岁。

8. 多运动，多运动，多运动。

9. 要勇敢，要温暖，要善良。

五岁的要求，比四岁时多了一些，有很多“不能”，这些“不能”都是人生中的基本礼貌，它们不会随着时代和教育方式的变化而有任何改变，比任何聪明才智都更能为你带来福祉。我亲爱的子曰小朋友，你比我聪明，比我有勇气，你完全可以做得到。当我外出工作的时候，常常会想起你，每一次都忍不住笑起来。孩子，我对你从来没有不舍，没有黏连，没有执着，因为我们给予了彼此足够的爱，你知道我会回来。因为这样的信任，我们之间的关系已成为了最好的关系。也许你永远都不知道，你曾给我了怎样的启发和鼓舞，我正在学习用你的方式来经历这个世界。如今你年满五岁，我已经抱不动你，也追不上你。我只有用微笑注视着你，并且永远爱你。

当然，我也会绽放我自己。

她每天需要处理的事情很多，照顾孩子占据了大量的时间。“很多人害怕孤独，但我并不觉得孤独有什么不好。”白天照顾孩子，而夜晚是属于她的时间，面对家人和朋友善意的关心，她却表示“很喜欢这个生活状态，宁愿自己休息的时间短一些，也没办法每天只照顾孩子，会得抑郁症的。”对于这个享受孤独的女人来说，这份独处时间是“不可抛弃”的。她“宁愿少睡一些”，因为“独处的时间比睡眠更重要”。

“虽然我当了妈妈，虽然我可以给他尽可能多的陪伴，但是我依然需要自己独处的空间。它不会因为我有小孩，或者因为我有丈夫就发生改变。”但只要子曰需要她的时候，“我总会陪伴在他的身边。”

杨菲朵：再一次的成长

在菲朵的世界中，面对事情时的态度，及沉淀的阅历，是她判断的标准，却又不是唯一的。作为摄影师的她是敏感的，“总会把细节放大，看到的美也就更多一些。”

就如在漫漫的人生长河中，在那么恰当好处的时间，她迎来了那个总爱对她甜言蜜语的小小双子男，“就像一个小孩子一样，跟子曰一起在长大，跟着他，把自己的童年重新过一遍。”她就这么活着，走在简单的路上，看着过往的风景，把时间“浪费”在她的喜欢和无意义里。就像一朵在夜间绽放的花，自由而美好。

像每一个女人一样活着，而每一个女人，又都是独一无二的存在。

3/12 三川玲

“父母能提供的是一个温暖的家，我希望她一想到家就特别愿意回来。”

——三川玲

童书出版人、儿童教育作家。

主持儿童教育微信公众号“童书出版妈妈”。教育部《中国教育报》家庭教育特聘专家、网易教育论坛主持人。家有一女。

■ 更多三川玲亲子视频，尽在公众号“HeyMom 养育研究所”

「她 说」

很多人问我，你会不会给你的孩子贴标签，会不会强化她？包括我的家人也跟我说，你不要说小丸子很会画猫，你不要说她很有艺术天分，所以我经常会想是不是我美化了她的艺术天分。当我先生觉得我热衷于称赞她的东西时，他就说你限制了她人生的可能性。我受到的更大的困扰来自这里。

当丈夫和妻子亲密相爱的时候，爱不会越用越少，反而越来越多，不但可以满足自己，还会溢出很多很多，去滋润我们的孩子。

人生最幸福的事情，莫过于工作、事业、兴趣、理想的四位一体，我可以很幸福地承认，我现在过的就是这样的生活，我当然盼望我的孩子也可以过上这样的生活。

人与人之间的相处之道最简单，表扬与自我表扬相结合。只看到婆婆的优点，忽略她的缺点，因为你看她的缺点对你的家庭毫无用处。

和谐亲密的夫妻关系，是良好亲子关系的根基

看起来，她很像一家之主——家里要租什么档次的房子，要放什么样的家具，孩子要上什么小学，过年过节给老人孩子准备什么礼物，全部都是她操持。

看起来，她的丈夫非常顾家——每天会抽出半小时陪孩子，是女儿永不停歇的“故事机”和充满创意的大玩伴，还是品味极好的女童时装买手。

但是，当他出国回来，从行李箱掏出八件法国童装、三个玩偶、一叠童书，最后摸出一件睡衣送给她的时候，她总觉得，这里面有什么不对。

她无意与自己亲生的女儿争宠，何况在朋友和同事心目中，她向来是个大气的女人。但她就是觉得哪里有点不对。他是一个这么好的爸爸，做了如此之多，多得远远超过了他作为丈夫所做的。当她把这话亮明的时候，他说：我觉得你作为一个好妈妈，也做得太多太多了……

这是某报记者采访我时，给我讲的一个故事。

我不知道读到这里的爸爸妈妈们，哦不，先生太太们，是否有同感。我们一起来做个小游戏吧。

丈夫给妻子一杯满满的水，再给她三个空杯子，分别代表丈夫、自己和孩子，请妻子倒水。你会看到，很多妻子的三个杯子并不是均匀的三等分，常常是孩子占据了三分之二，而自己和丈夫的杯子里的水少得可怜。丈夫也可以拿一杯水，来倒三个杯子，你会发现，你倒向妻子杯子里面的水太少太少。

我们惊愕地发现，当我们全心全意做好父母的时候，我们忘记了做好父母的根基：和谐亲密的夫妻关系。

任何人缺乏“被爱”都会出问题，不管这个人是父亲还是母亲。但缺爱的表现会不同，比如男人可能会去找一个红颜知己，女人则可能把孩子看得更紧，把更多的时间和精力贡献给孩子，在家庭中统筹孩子的一切。

新妈妈如果缺乏丈夫的爱，会出现什么情况呢？一位妈妈这样跟我留言：

“童书妈妈你好，该从何说呢？我宝宝刚出生时，就发生了很多事，导致我月子里过度忧郁，一个人拖着疲惫的身子带着孩子。宝宝只喝了一个月的奶水，我的产后忧郁却一直延续了一年半，只有宝贝陪伴我度过那段最痛苦的时期。

我知道，我的情绪一直影响着孩子，但直到她上宝宝班我才知道我对她的伤害有多严重！宝贝除了和我在一起时爱笑，其他人和她说话都不搭理，不和小朋友玩，只待在自己的小圈子里，遇到一点没有安全感的事就会大喊大叫。她只喜欢和我单独待在一起，胡乱画画，看书……现在我还能做些什么呢？请你帮帮我！”

看了这个留言我特别心疼，这位妈妈的如怨如诉，谈的是夫妻之爱的缺乏，是如何导致产后忧郁症和孩子的不安全感的。

夫妻关系永远是一个小家庭里的第一关系，其他任何关系（比如说父母跟孩子的关系，婆婆跟丈夫的关系，丈母娘跟妻子的关系）一旦超越这个关系，都会出问题。无论是爸爸还是妈妈，如果对孩子过分地爱，其实是自己缺爱的投射。

我曾经看到一位妈妈，在孩子上舞蹈课时，坐在场边紧紧地盯着孩子。只要孩子一做动作，她就提醒：“做标准了！小心老师罚你！”“赶紧啊，该你了！”……结果呢，孩子在场上既要看着老师，还要不时看看妈妈，吓得战战兢兢。休息的时候，我请孩子吃大白兔奶糖，我惊讶地听见，这位妈妈开始指导孩子：“要先含一含，然后再嚼……”

孩子真的需要那么多的“照顾”和“爱”吗？连吃大白兔奶糖是先舔还是先嚼都要被“指导”？这不是爱，是束缚！是拴不住丈夫，就拼命拴住孩子！

那么，如何在生育了孩子之后，保持夫妻第一关系的紧密呢？

第一，要尽早把孩子请出你们的爱床，不能让孩子霸占丈夫或者妻子的位置。给孩子布置一个属于他的地盘——婴儿床、儿童房，你有多爱孩子，就给孩子多好的婴儿床和儿童房。把那里布置得温馨、充满爱意和乐趣，布置得你一点负疚感都没有。不要相信任何蛊惑你内心的亲密育儿法，在一切亲密的关系之中，最应该亲密的，是女人和她的丈夫。要理直气壮告诉孩子，爸爸最爱的人是妈妈，妈妈最爱的人是爸爸，然后爸爸妈妈一起来爱你。

第二，给妻子足够的浪漫和爱。世界上没有一个女人不喜欢浪漫，不喜欢爱。尝试一下工作日的中午来个约会，一起吃个心仪的午餐；尝试一下你们俩去看场电影，不是动画片，不带孩子；尝试一下，一起看一本书，然后共同讨论；尝试一下，发动孩子一起给对方过生日，你准备一个大礼物，孩子准备一个小礼物；尝试一下，无论她在职场上如何风云，就像对待清纯的邻家女生那样爱护她，爱怜她；尝试一下，把孩子留给老人，你们俩一起去二人旅行一次……

我有一对朋友，他们的孩子富有创造力，人见人爱，我以为他俩投入在孩子身上的时间精力非常多，答案却是未必。这位丈夫事业有成，掌管着一个大公司；妻子没有上班，但在养育孩子的同时，还写出两部叫好又叫座的作品，单是版税就一百多万。最有意思的是，我知道他俩常常把孩子交给老人，两个人去外面吃烧烤、看电影——已经成为富豪的他们，是故意在路边摊喝啤酒、吃烧烤，怀念热恋那段穷日子的！

你看，当丈夫和妻子亲密相爱的时候，爱不会越用越少，反而越来越多，不但可以满足自己，还会溢出很多很多，去滋润我们的孩子。

请承认父母的作用是有限的

你是不是认为：如果父母对孩子诚实、友善、体贴，他们的孩子同样也会诚实、友善、体贴？

你是不是认为：如果父母对孩子要求严格，给孩子制定很多的规矩，他们的孩子就可能少闯祸？

你是不是认为：如果父母没有为孩子提供一个完整的家，他们的孩子在成年之后，多半也过得不好？

……

总之，你是不是认为：父母是孩子最好的老师，家庭是孩子最好的学校？

你可能会自然地反问一句："难道不是吗？"

我想以我的亲身经历，来谈谈一个人的成长中，到底谁影响了今天的你。

第一个影响的，自然是家庭，这是我们无可选择的。

我们生来就有一个这样的“原生”家庭。这个家庭是你的土壤，你成长的很多营养，都来自于此。

但是，我想说的是，这个影响并非是“一定”的。同样的家庭，提供同样的成长环境，但孩子对环境的吸收却是不同的。

小时候，我们三兄妹在功课之外各有爱好，大哥爱画画，二哥爱弹琴，我爱写作。我很喜欢看《红楼梦》，现在每年还会看一次。不过我看的第一部《红楼梦》，被我母亲撕掉了，她对于我太沉迷读书，对一切事情乃至作业置若罔闻感到气愤之极。

父母给了我生命，养育我成年，给我一个非常完整的家。但是，皮囊里面的灵魂，也就是每个人的自我，并不是父母给予，也不是父母养大的。正如蒙台梭利所说：儿童都自有其精神胚胎。

第二个影响的，是同学、朋友、伴侣，这是我们有选择权的。

我女儿很爱上学，每天上学都哼着歌去，她还经常嫌暑假太长，急着要回去上学。我问她学校最大的魅力是什么，让为她精心选择学校的我和老师尴尬的是，她回答：因为有五个课间和三个好朋友。

她爱看的书，爱听的音乐，爱穿的衣服，都跟那三个朋友的好恶息息相关。她的老师在微信上发布通知和布置作业，我故意“忘记”提醒她去看（因为我认为这是她的事儿），她因此没有少挨老师骂。最后是她的好朋友很严肃地在一起上厕所的时候专门跟她谈话（语重心长地）：小丸子啊，你得对自己负责任，你妈妈太忙不能提醒你，你得自己记得去看微信，别再被批评了。

之后，小丸子再也没有错过微信。

从小到大，我们会选择和自己志趣相投的人做朋友。这些朋友，不仅会影响你读什么书，看什么电影，去哪里旅行，学习什么知识，还会在你需要的时候，毫无保留地帮助你；在你需要鞭策的时候，直言批评你；在你做出重大选择的时候，给你真正的建议。

他们作为精神的依靠，要远远大于父母。

我女儿至今很陶醉玩过家家，经常要求我陪她玩。老实说，对于这“吃喝玩乐睡一天”的过家家套路，我真的是提不起兴趣啊！这个周五，她最好的朋友答应来我们家 sleepover（一般指小朋友去别人家过夜玩乐），从把她俩接出来，到晚上 9 点，整整五个小时，她们一直在大笑，在激动地喊叫，我听到她们嗓子都兴奋得哑了——就是我跟闺蜜整夜整夜不睡觉谈人生谈理想谈情怀的那种哑。

那天，我也下定决心不委屈自己去做孩子一辈子的朋友了，孩子有自己的朋友，根本不缺我这个假装得很辛苦的朋友。

第三个影响的，是阅读和思考，这也是我们主动选择的。

我知道，很多人会说了，既然家庭和同学，都可以正向地影响孩子，也有可能负面地影响孩子，那么，究竟孩子应该怎样做出选择呢？

这个，还真的只能靠孩子自己，这是无法代替的。那么问题来了，孩子的判断力来自哪里呢？

我认为，是来自于阅读，来自独立的思考。这里所说的阅读，包括一切吸收别人观点、观念的过程。

我每读一本书，都会想一想自己：我想要怎样的生活呢？我该怎样做呢？

我不能确切地说出，离开广州，来到北京，做童书妈妈自媒体，发起 CKDP，做读书会……这些都具体地来源于哪一本书。但是，我确信这是我持续地阅读和思考之后，自然地对人生的选择。

承认父母的作用是有限的。这里说的有限，是指父母教养的作用，甚至小于孩子的内在自我，小于孩子的朋友，小于孩子的阅读和思考。

如果我们承认父母的作用是有限的，就不必为没有让孩子赢在起跑线埋单，不必为买不起学区房而痛恨自己，不必为孩子的未来过分焦虑，更不必为我们没有做完美父母而内疚。

承认父母的作用是有限的，更大的好处在于，我们不会自以为是地代替孩子做决定。而且，我们还要做好心理准备，当孩子足够成熟，能力足够强大的时候，他们可能会忘记问我们的意见，或者根本不需要我们的意见。那不是他们不尊重你，而是他们真正强大起来了。

最后，衷心祝福你和你的孩子！

丸子的故事

自从我做教育公众号之后，我们家族大量的亲戚朋友，后生晚辈都来跟我请教未来怎么办。

“你最爱什么？什么样的工作是不给你任何报酬奖励，你也会去做的？” 可惜，很多年轻人在面对这个问题的时候，目光躲闪，无言以对。

丸子 7 岁的时候，有一夜去小闺蜜家 sleepover，闺蜜的妈妈发过来一张照片，是她刚刚画的一幅画，朋友说：“恭喜孩子这么早知道这辈子要干什么。”

丸子是个特别的孩子，用奶奶的话来说，就是特别有“耐劲”。

她四五岁的时候，已经能够坐在那里阅读一个小时，搭一个小时的积木，或者画画一个小时。到了今年年初，她已经能够连续七天每天画三四个小时画，最后画了一本 103 只猫的写真画册。今年夏天，她能够每天用三个小时来看一本《改变心理学的 40 项研究》这样的学术书。

我们经常说那些坐不住的孩子是尖屁股，丸子会说，妈妈，我的屁股是平屁股。孩子有这么可爱的“平屁股”，当然跟孩子的天性有关。但也跟我们提供的教养环境有关——比如她可以用任何她喜欢的姿势、方便的时间看书、玩耍、画画——我们家到处都是书，也到处都是画笔颜料，到处都是过家家的玩具和积木。

我们从来不会在她专注做事情的时候递水果、喂水，提醒她正确姿势以防近视……我们一家有互不打扰的习惯，这使得我们每个人做事都很有安全感。你可以恣意去做你想做的事情不用担心被打断——我太喜欢我聚精会神花三四个小时写一篇得意文章之后那巨大的喜悦，所以我能理解丸子的状态。丸子前段时间去上陈老师的英语课，奔袭到顺义上完课再回来，她觉得很累，放松的方式是画一会儿画。我是一个很会夸人的人。我不会随随便便说孩子你真棒，而是会仔细看完她的作品，告诉她我感受到的东西。比如，这只猫毛茸茸的感觉很好，这次画的俯瞰的角度很新奇，这种配色非常大胆但是很和谐……丸子很喜欢完成一个作品之后就拿来给我“夸”。

丸子流露出对绘画的喜爱之后，我见到艺术界的朋友就会请教：孩子什么时候学画画好？应该送到什么样的学习班去，有没有名师推荐。

我认识不少大名鼎鼎的艺术家，他们回顾自己的成长经历，都说，没有必要去练基本功，但要练习想法（创意）和眼界。在央美绘本工作室主任杨忠老师和绘本画家熊亮老师的推荐下，我给丸子报了小艺术家工作室的课程。小艺术家的两位老师侯伟和斯蒂芬都是巴黎第八大学艺术史专业毕业的。在丸子加入工作室之后，侯伟从法国大使馆辞职,专业做艺术教育,梳理出来从史前时代到当代的艺术史课程——孩子在三年的学习过程中，会明白什么是艺术，历史上最著名的艺术都有些什么，这种眼界和格局的定位，能够令她知道自己的艺术创作的位置。

我们一家是美术馆的常客，除了在北京看展览，我们去以艺术闻名的城市——巴黎、罗马、墨尔本、蒙特利尔的时候，也会专门去当地美术馆看展览。丸子很喜欢现代艺术，她偏爱现代艺术超越技法自由自在表达情绪和想法。后来，我给她报了尤伦斯的大师课，凡是活着的大艺术家，无论中外，在尤伦斯中心有儿童工作坊时，我都尽量让她去。这样她就能知道最新的艺术动态和感觉。

我没有给她请老师教写生、素描等基本功，不过她有时候会让我买一些技法的书——我都不知道她从哪里知道这些书的。

我能观察到她已经在琢磨怎么画，比如有一天她让我蹲一下给她看，然后她就画了一个蹲着的小猫。

但是，我能做的只能到此，我要管住我自己。

上次心理学家李松蔚来我们家，他说他给他央美做教授的妻子看

了丸子的画，“她觉得丸子很有天赋，甚至达到了出版水平”。这句话他说得非常平静，但在我的内心掀起了巨大的波澜。

不过，我还是管住了自己，我不会出版丸子的书，我不会做她才华的助推器——这很容易让她分不清是她自己天赋和努力所致，还是妈妈的帮助、拔高所致，而夸大孩子才华的后果是可怕的。

她的人生还长，她完全可以从容地、自然地生长，让我们看见她艺术生命究竟能够长得多么旺盛。

丸子的老师来家访的时候给我私下提醒：孩子从三年级就得考虑中学问题了。

我非常非常犹豫，他们小学对口的中学有很好的八十中（我喜欢的作家冯唐就是从这所学校毕业的），也有普通一些的中学；她还可以考虑到专门的美术中学，比如央美附中、工美附中去。如果要进这两所美术中学，11岁时，得开始学基本功为入学考试做准备。

我最纠结的是，如果让孩子上美术中学，是否限制了她的人生可能性？是否决定专业太早了？

我当然会跟丸子商量，听她的想法，但是，我很难回答一个问题：这么小的孩子，该为这么大的人生大事做决定吗？

4/12 Yoli

"给孩子安全感，其实重要的不是'做什么'，而是'不做什么'。《小王子》里面有一句话是说，当你想成为一个出色的大人，就不要忘了你作为一个孩子时的感受。我希望自己有一天遇到小时候的自己，能跟她说，看，我没有长成你不喜欢的那个大人。"

——Yoli

独立教师、水彩画家、写作者、星巴克合作艺术家。

喜爱绘画自然之物，通过自己多年教学感悟和绘画经历总结的全身心绘画课程，带领大家体味生活之美。创办"半画展"，为毫无绘画基础的学习者做画展，让绘画成为平凡人生活中的平凡事。家有两儿，七岁的星宝和一岁的星贝。

■ 更多 Yoli 亲子视频，尽在公众号"HeyMom 养育研究所"

「她 说」

袋鼠妈妈的育儿方式很多人是持反对态度的。但我觉得作为一个母亲来讲，直觉是很重要的，我的直觉就是我的孩子需要我。

我希望他把画画当成一个游戏去享受，而不是把它当成正儿八经的事情去做。如果刻意培养的话，孩子会失去很多乐趣吧。我希望给他一个不用守规矩的角落。

养孩子就像种花一样，要去顺应孩子本身的节奏，不要给他过多的干扰。画画也是如实记录自己的感受，我们应该少给孩子这种自以为是的灌输。

我觉得过去父母和孩子的关系多是一种把控的关系，很希望孩子听自己的话，当我们控制不了的时候，就会觉得“我生你干吗”？！但生命是一个流水的过程，有很多东西是控制不了的。

妈妈有千万种，妈妈们可以依靠自己的感觉做妈妈，而不是根据某种考核、规则和标准。

我所经历的 VBAC

2016 年 2 月 20 日的夜晚，我经历 VBAC（第一胎剖宫产后第二胎阴道分娩）产下我的第二个孩子。若是给这场分娩一个形容，它对我来说是疗愈和释疑。它不仅带给我和孩子温柔的初遇，还解答了我心中长久的疑惑。

我生大儿子星宝的时候，尝试顺产而没有成功，就是传说中“受了两遭罪”的、开了十指又被迫剖宫产的人。虽然孩子还是顺利地生下来，但我一直疑惑，医生说我顺产条件那么好，我个人的意志也很坚定，一切都很好，为什么没有顺产成功呢？

然而这个疑问医生也无法解答，只得裹进时光里，慢慢地淡去。

生产过后，我买了一本西尔斯医生的《亲密育儿百科》，书中花了一个章节来写分娩的准备，因为分娩是育儿的第一步。我看了书中提到安全顺产的要点：选择好的分娩环境；选择正确的接生人员；雇用专业的分娩助理；尝试各种分娩姿势；做好分娩计划……书里的生活和故事总是显得特别理想，我极少对那些书本里的生活产生幻想，我不喜欢过高的幻想和现实产生落差而让我对生活感到无力。可当我读到安全顺产的部分，忍不住跟老公说："要是我们也有这样的生产条件多好。"

可是六年多以前，生育教育还不足够被重视，不要说雇用分娩助理了，就是分娩计划都难以实行，让医护人员配合你的分娩计划，怎么可能。

我看过许多妈妈分享的生产日记，印象最深的是有一位妈妈说：一个女人经历了生产，就再也没有羞耻了。

痛，对我来说不是最大的问题。可是，再也没有羞耻，倒让我难过。我开始理解那些我从小看见的妇人们，理解她们为什么生了孩子以后，不仅腰身变粗，嗓门变粗，行为举止也变得粗糙了。

因为生产对很多女人就是一个暗示——都当妈了，还害羞个什么劲，还有什么好扭捏的。那些只属于少女的矜持与羞涩，再也跟你没有关系了。

当一个女人身为女人的属性被剥离了，那些温软的、矜贵的、细致的部分都变成了矫情。

在那些生产日记里，你不会感到一个生产的女人是个女人。我读到的分娩，都是流程式的、僵直的、机械的、按部就班的。分娩是一个女人一生中最无法自主、最无能为力的时刻，可却是在这样的时刻，她只身躺在一个陌生的环境中，没有任何亲密的人在身边，只有流程化的医生和护士；没有人在乎她的恐惧、她的紧张、她的痛苦、所有人只要求她努力、用力、配合。

正如我老公所安慰我的：“没关系，在医生眼里，你只是一个躯体，跟其他人都没有区别。”他想我不要因此难堪。然而我难堪的正是这里，我不是一具只是来生产的躯体啊，我不是一个跟其他人都没有区别的躺在生产线上等待按部就班的躯体啊。

我从来没如此明确地感到自己是个女人。作为一个母亲，我即将无所畏惧。可是作为一个女人，我需要被正视和尊重。

如果分娩时的女人不被正视和尊重，那我们又何以真心敬畏生命的伟大。

六年后的今天，我所在的城市终于有人在从事生育教育。有人或许会问：生孩子这事还需要教育吗？

作为一个同样从事“教育”工作的，我想“教育”这个字眼需要被重新认知。教育并不是灌输，而是唤醒。教育并不是从外在给予你所没有的东西，而是唤醒本来就存在于你体内的东西。苏格拉底将之比喻为为人接生，意思是“帮助人们‘生出’正确的思想，因为真正的知识来自内心，而不是得自别人的传授”。

虽然生孩子的能力是与生俱来的，但我明白我需要被释惑，我需要被唤醒。

我参与了丁丁的催眠分娩课程，回顾了我的上一次分娩。丁丁听完我的讲述，告诉我：生孩子是靠身体的本能，而不是头脑的意志。

是我们身体的肌肉在收缩把孩子生出来，大脑是无法控制这一切的。肌肉的收缩恰恰需要的是放松，而不是紧张。陌生环境以及被围观的感觉都是干扰生育本能的，在这样的情况下要求顺产本身就不容易了，当然心理压力也是一个部分。你要回想一下，有什么因素使得你无法放松下来。

放松。

这不正是生了星宝以后，我不由自主爱上水彩的缘故么。水彩需要的也是放松，真正的放松才能做好它。冥冥之中我已经在往答案的方向追索。

当年到底是什么使得我无法放松呢？

冷。

那是三伏天，可我却觉得很冷。躺在产房里，我一直在发抖，浑身毫毛倒立。空旷的产房里只有我一个人，我裸露着，旁边一个陌生的男护士。我其实不是冷，是紧张，非常非常紧张。

当年我还不具备今天的我这样的心性。我太在乎外部环境对我的影响，太在乎外部的人、外部的看法、外部的声音。而且，我还不敢于承认自己的恐惧和紧张，我努力显示自己很平静，是个足够配合的产妇。我很冷、很痛、很紧张，但是我从头到尾没有发出一点声音。

这两年我画画越来越着迷，其实我着迷的是画画给我带来的安宁——身处在人群里我却属于我自己。不被外部干扰，我可以感觉我自己。我确实是一个对环境敏感、对人心敏锐的人，容易害羞也容易

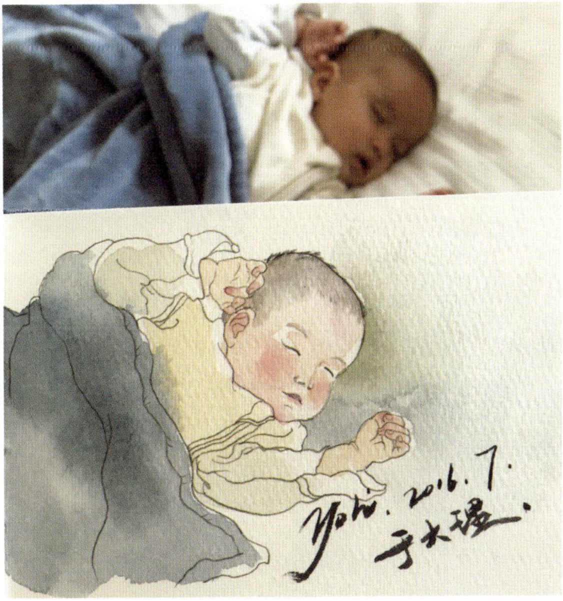

紧张。而重拾画笔面对自我也使得我迈入了真正的勇敢，真正的勇敢不是用强盛的意志去漠视自己的恐惧，真正的勇敢是可以正视自己的脆弱和恐惧并承认它。

丁丁对我说：那在分娩时，你就找到你画画时候的那种感觉。忘记周围，感觉你自己。

我的医生杨博士对我和我的老公说：争取顺产，但顺产成功并不是第一位的，安全的生产才是第一位。我们一步一步地试，这一步行了就到下一步，过程中有任何的问题我们就停止。他支持顺产，并已经有过许多 VBAC 成功的经验，然而在他说了这番话以后，我和我老公更加坚定地相信我们的选择。

相比六年前的“我一定可以”“我一定行”这种信念的输入，六年后的我们更信任“我们一步一步地试”“我们尽力而为”这种踏实的实践。壮大声势地向前，不如平下心来一步一步地迈进。

有了这样的沟通，医生对我来说不再是一个职业化的冷硬的字眼，而是一个跟我理念相同观念一致的合作者，我们将一起面对我的分娩。

杨博士所在的医院还有助产士门诊，我们可以在产前就与助产士沟通我们的分娩计划，包括生产中的许多细节，是否人工干预，是否晚剪脐带，是否及时母婴接触……以及提前参观产房，熟悉环境。最终我选择了产护一体的房间，直接在我住院期间的房间内生产，减少环境更换带来的陌生感。

医院还接纳雇用的分娩助理进入产房参与分娩过程。之前我老公觉得，有他在，不需要分娩助理也行。可当真到我临产的时候，我和他都觉得，有一位专业的分娩助理在旁边协助真好。

我的分娩助理是丁丁的搭档杨娅。医生和助产士更关注医疗的专业部分，虽然老公在一旁可以给予情感的支持，但一位专业的分娩助理可以成为你与家人和医生之间的桥梁，她可以在关键时刻帮助你与医护人员交流，她比家人更加冷静，能及时提供心理帮助，帮助你安心并专心地进入到生产的状态。事实上，你和家人做再完全的计划，实际过程中你们可能还是会把这一切都忘掉。所以事后我们都觉得，有一位分娩助理在旁边真的是太好了。

选择好的分娩环境，选择正确的接生人员，雇用专业的分娩助理，做好分娩计划……如今那些书里的故事都已经成真。许多人问 VBAC 需要花多少钱。并没有额外费用，跟一般顺产一样的价格。分娩陪伴的费用也不高，我参与孕期的分娩课程，赠送分娩时的陪伴服务。

我的朋友摄影师 kiloer 雷蕾也在一旁记录了整个过程，亲历了我的这次生产，她对我感慨，能拥有这样的分娩，让人感谢我们生活在这个时代。

生产这件事也可以美好和温柔，而不再是一个痛和冷的记忆。经历了温柔的分娩的孩子，也显得祥和镇定。

上一个孩子的诞生仿佛小鸡穿破蛋壳，让我碎裂，让我迷惘，让我追索，让我挣脱；这一个孩子的诞生让一切清晰，沉淀，愈合，舒展。

感谢生产。感谢生命。

我更喜爱我是一个女人。首先我是一个女人，然后才是一位母亲。

我没有自信做孩子，所以成了妈妈

“我没有自信做孩子。”生星贝前的一个夜晚，这句话突然从我心里浮出来，我终于明白，我为什么需要当一个妈妈。

“必须自己当自己的妈妈，重新把自己再养一回”。就是这样，并不是因为我能够成为一个好妈妈所以我成为妈妈，而是因为我是一个不够格的孩子，所以我需要当一个妈妈，借着孩子的力量让自己重新长一回。

我的孩子让我看见，我是个不够格的孩子。

我的孩子从一岁开始学会说“不”，我奇怪，“妈妈”“爸爸”是我们教他学会的词语，可是他自己自发学会，想要去说的第一个字是“不”。不仅我的孩子，所有的孩子都如此。孩子从母亲那里来，可是当他的胳膊长得壮壮，当他的腿脚长得有力，当他还不具备独立生活的能力之前，生命潜在独立的本能已经萌芽，他在学习说“不”，用“不”区分自己的需求和妈妈的需求，用“不”看见自己，用“不”感受自己。

而我这样一个长成的人，已经没有这种本能，一种生命的走向独立的，走向边界的本能。我分不清我的需求和别人的需求，我分不清我的期望和别人的期望，我在成人的世界活得越来越面目模糊。

星宝拜师学棋的第一天，回来兴奋地跟我说：“妈妈，今天学棋师傅让我跟班里同学都走一遍棋，他说要看看我的实力，我赢了所有人！”看着小家伙得意的脸，我忍不住正要说“不要骄傲”，可这四个字正要冒出来的时候，卡在了喉咙里。

我默默地想，我从来没有如此洋洋得意过呢。虽然得意的时光肯定是短暂而又脆弱的，我还是对小人儿闭了嘴。为何不珍惜这点洋洋得意的机会，为何非要回避登高跌重的可能呢，为何从一开始就要学着平缓地度过一生，不在童年时尽情地去得意一回，去痛哭一场？想到这儿，卡在喉咙里的四个字变成了：“很值得高兴呢。”

人应该珍惜做一个孩子的时光啊。人生那么长，像孩子一样可以坐在路边哭泣，可以一边奔跑一边大笑让胸腔里兜满了风的时光并没有几年。一想到作为一个成人以后，有那么多既不痛快也不痛苦的平平无奇的时光，有那么多无法直白了当欲言又止的时光，就觉得能够去品味洋洋得意的高峰，去经历摔得狗吃屎的坑洼，正是孩子时就应该去经历的事。

何必急着去教育“不要骄傲”呢。过不了多久就会体会连输了几盘的痛哭流涕，扎扎实实地体会到“人外有人”，才会深刻切肤地理解到“不要骄傲”。

一个人要摔过，看到别人摔倒才会感同身受。一个人要有扎扎实实的痛，那种看到别人痛而心疼的心意。不能只是因为这样是正确的，是我们的头脑命令我们必须表达这样的心意，而要是因为我对此感同身受，由我们的心生发出这样的心意。

因为不敢失败不敢错误不敢痛而一直保守地活着，怕失败了被人笑，怕错误了被人训，怕得意了遭人妒，怕开心了不长久。我的孩子让我看见，我原来没有发出过我的声音，我没有说过“不”，我没有投入地笑、肆意地哭。不见得要被赞赏啊，至少也没有被指责，就这样，我长大得太快，太快地学会了站在含混不清的安全地带。一个没有鲜明地成为孩子的人，怎么能长成一个鲜活的大人呢。一个没有肆意过尽情过的孩子，怎么能长成一个全然真诚的大人呢。

没有尽情地去犯错，没有尽情地去跌倒，没有尽情地欢乐，就像没有历经饱满日晒没有历经昼夜温差没有历经节气风雨的果实，被膨大剂催熟着拥有着成熟的模样，红了、大了，而毫不甘甜。看起来我已经是一个让人放心长大的人，但我的内在没有流动的甜蜜的汁液。

我没有做过完全的孩子，也没有长成完整的大人。

我的孩子，他会聚精会神地看着他的一只手，以及另一只手；摇晃他的一只手，以及另一只手；吃他的一只手，以及另一只手。有一天他会通过这双手推开我送到他嘴边的勺子，有一天他会通过这双手挣开我的双手迈开他的脚步。我们每一个人原来都是这样长大，通过自己的感觉连接世界，又通过与世界的冲突，一点一点看见自己的轮廓。

我开始看见从来被自己漠视的感觉，我也开始看见我从来回避的与世界的冲突。我跟着我的孩子一起练习，练习发出自己的声音，练习对这个世界说“不”，练习感受自己的身体，练习打开自己的知觉。

在我作为一个母亲之前，我的懂事、听话、和顺，都不过是因为那是正确的。那是一种头脑活着的方式，却不是一种心灵活着的方式。我的生命被新的生命唤醒，当我不害怕面对我自己，我才会真诚地面对他人，当我不害怕说“不”，我才不会害怕被拒绝。

一颗种子并不是只有开出一朵花才叫规范，一朵花也并不是只有一直维持在一朵花的模样才叫正确。我要拥抱自己所有开花的时间和所有不开花的时间，当我接纳所有不开花的时间，我才能在花开的时节真正地绽放。

这世间有多少孩子，就有多少妈妈

在我的第一个孩子出生之前，我立志要当一个“少说话”的妈妈。想想成为一个说话多的妈妈都忍不住自我嫌弃不是吗？于是很多对孩子要说的话，都成了画面，都成了文字。

在我的第二个孩子出生的第 12 天，郑枫给我发来《母语》的拍摄计划，说要拍许多的妈妈，听妈妈们说话，并加了一个括弧——你一定会答应的，哈哈哈。

还在月子中的我正一地凌乱无力思考，反正一切听你的，我配合。

直到枫子和天哥出现在我家，我才意识到原来枫子把“听妈妈们说话”这件事做得这么严肃认真！说实话，我真是被枫子做这件事的认真给打动了。她让我感到，她是真的，真的来郑重地听一个一个的妈妈讲话。

听妈妈们的话重要吗？

过去我带星宝看医生，我跟医生说星宝前天的状况，昨天的状况，今天的状况，以及星宝从来没有吃过药。医生还没听完，就在处方上开“输液一周”，我跟医生说：我的孩子从出生都现在都没有吃过药。医生说：是听你的还是听我的？

我说：我来看医生，当然是希望得到你的帮助，但我是孩子的妈妈，我了解他的状况。

一来二去，最后医生说：除非你签字，不愿输液，后果自负。

我说好的。我的孩子难道不是我负责吗？他从出生开始就是我负责了。我签了字，领了药，带着星宝回家。后来的结果是，回家后药也没来得及吃，病就好了。

西尔斯医生说他为孩子诊断时，除了看孩子的症状，还有很重要的一点：听妈妈讲。并提到他多次的经历里，母亲的直觉对于帮助诊断非常有用。

这第一次带着星宝就医的经历，成为我后来看医生选择医生最重要的一点——这位医生会不会听我这位妈妈讲话。

遗憾的是，我们身边愿意聆听妈妈的人太少了。

母亲的直觉在“专业”“数据”“理论”面前根本发不出声音。

我知道，枫子在做一件特别棒的事，那就是让妈妈们感到原来妈妈有千万种，妈妈们可以依靠自己的感觉做妈妈，而不是根据某种考核、规则和标准。

我们在抚养孩子的过程里，听很多的医生讲话，听很多的专家讲话，听很多的过来人讲话，但好像唯独没有这么郑重地听这么多妈妈们讲话。这些千万种的妈妈们，有不知所措的，有顺其自然的，有更爱自己一点的，有想要过得去就行的，凭着自己作为母亲的直觉呈现着更为丰富的妈妈的形象。

当我们聊起妈妈们的时候，常常会发出“跟我妈一样”“哎，我的妈妈也是这样的”，我们的妈妈有时候像是时代下的妈妈，而不是一个属于每一个孩子的独一无二的妈妈。

听妈妈们说话。

听一群摸着石头过河的妈妈们说话。这些妈妈里有许多跟我不一样的妈妈，我们每个人说着不一样的属于母亲的语言，我们唯一相同的是，我们各个不同。

这世间有多少种孩子，就有多少种妈妈。

5/12 徐哩噜

“我在心里一直希望可以跳脱出庸常的生活方式，拒绝要孩子也是跳脱的一种方式。当我自己还处于一个黑洞的空洞状态时，我是不完整的。这种情况下如果有孩子，该怎么和她相处，担负起把她养大的责任呢。”

——徐哩噜

大学老师，写作者。

曾出版孕婴书籍《创生记》，童话集《春天里的笃笃声》，公益组织“小红马”创始人，家有一女。

■ 更多徐哩噜亲子视频，尽在公众号“HeyMom 养育研究所”

「她说」

生了孩子之后，怀孕之前的恐惧感消失了，又出现了新的问题，这些问题反而是让我成长的机会。有孩子之后，我的心态，对生活的热情，都远胜于我没有孩子的时候。女人生孩子所面临的每一次痛苦都是一次成长的机会。

决定生孩子之前我去了趟尼泊尔，就好像是给自己一种仪式感。有了孩子后我忽然发现，以前那个年少轻狂、时不时想要做些叛逆事情的女孩子不见了。

玩故事接龙，她说一句，我说一句，就是我这个妈妈和我这个孩子之间一种独特的语言。

孩子改变了我，成为一个妈妈，让我对世界的感受变得更柔软。

小朋友发烧就是在和身体里的病邪作战，打完这场仗以后她的免疫力会提升，还会刺激她生长。其实以前我也害怕孩子生病，我的焦虑值会跟随着体温计的度数时刻变化，现在就淡定了。

一切都因为，我只想做一个更好的妈妈

一天晚上，睡前跟鱼小妞贴脸：“咦？发烧了？”

非常清楚地记得她第一次发高烧（不是第一次发烧）是在爷爷奶奶家。全家都被烧成了热锅上的蚂蚁，什么脑膜炎、肺炎这些词全跳到颤抖的心尖上了。用了鱼爸小时候用过的物理降温法子：酒精擦拭。孩子浑身烫，又擦了凉凉的白酒，哇哇大哭。难受，昏沉沉睡一会儿，醒来就要求抱着走动，我就半夜抱着她和一团薄被子在寒冷的客厅走来走去。

每一个宝宝妈有的那种心急如焚、彻夜不眠，血压随着温度计指数飙升，甚至坐在床边默默流泪……我也都有过。那时我会的也只是温湿毛巾擦拭、退烧贴、喝白开水，精神上唯一能给孩子的只剩下拥抱中微弱的信心。

再回忆起鱼小妞的便秘期，更不堪回首。

两岁开始，吃过各种号称通便的水果，塞过肥皂条，塞过开塞露，吃过益生菌，也喝过中药……孩子的便秘却日益严重，时隔两天就来一次撕心裂肺的号啕大哭，让我心碎一地。

有人问，为什么不带去医院呀？

孩子更小的时候，因医生坚持，拍过X光片，结果身体毫无问题。那么X光辐射问题呢？我不知道。也曾经做过小而残忍的手术，后来才知道有另外的方法，甚至长大点自己就会好，完全可以不用手术！

中医呢？曾经有个专家给孩子开的药剂量大，里头有很多石膏，还开了西药配合。喝了不少，可孩子吃了苦，却没见多少好转。

可能是我们的运气不好，没有遇到合适的医生。我知道一定有很多好医生，可是靠谱的是谁？在哪儿？在孩子生病时，茫然的我完全不知道可以信任谁！

我对自己的喂养方式也开始有疑惑，平时肉蛋奶、海鲜水果都给足，营养也不缺，到底哪里出了问题呢？孩子生病，大人为此争吵也成了常事。带着只剩残片的妈妈心，我拼命上网学习，终于开始一点一点接触中医育儿。原来便秘不可以吃寒凉水果，原来奶粉对虚弱的脾胃是负担，原来入夏上火了喝鸡汤是煽风点火，原来感冒了葱白水就可以帮助她，原来用推拿就可以帮身体驱赶病邪，可以退烧……

以前光知道当妈使人进步，不当病孩的病妈，真不知道需要这么进步！

我去听中医育儿讲座，大量翻阅论坛里中医妈妈们的治疗实录，进不同的小儿推拿群，遇到问题就立刻拿亲生“小白鼠”实践……与此同时我带孩子去寻医，事情慢慢顺畅了，鱼小妞的身体越来越正常，撕心裂肺的记忆渐渐被淡忘。

网络学习终归是有限的,遇到问题自己按图索骥也很难看到效果,没准儿还会过犹不及。于是,我又去旁听大学的中医课程,看网络视频学习,报小儿推拿培训班,学河洛推……再后来,小问题都不用去医院了,自己在家就可以搞定。

是人总会因为不同的原因生病,就像风总会从不同方向吹进窗户。但知道病从何来,如何躲避,也知道如何帮助身体自己带军作战,就不会再那么恐惧。一切都会更加从容。

学着学着,我明白了“头痛医头,脚痛医脚”为什么是骂人的话,明白了人是一个整体,天地人是一个系统,世界和人体内有五种能量需要平衡。重点的重点,是明白了自己的无知,体会到学习的快乐。我做回无知的孩子,一点点靠近传统文化。读经、求学、实践、修行,一路跟着老师和古人。好像有巨大而温和的波浪,静静地浸润我,掀起震撼心底的波澜,让我感受到大海无限的神奇与美妙。

有一次,好朋友总结了身边优秀的女友们在这个年龄取得的成就,之后问我:“你想做什么呢?”我想了想,回答说:“我现在只是想做一个更好的妈妈。”

是孩子给了我推动力。因为她,我踏上了一条学习的不归路。

这条中医不归路,是一条文化回归路。感恩我们所生的疾病。感恩一路遇到的医者、老师,以及那些和我一样的妈妈们。

愿我们都健康。

啊，原来你也在这里

晚上，照例给鱼小妞睡前推背，常常推着推着就把她推睡着了。有时她想和我多聊会儿，就趴在那里，说：妈妈，我们来玩儿故事接龙吧！

……

我刚写完上面这段，小女主角进来了。她盯着我的电脑看，接着前面的文字说："然后我们就开始讲，讲了一大串故事。"又说，"我们现在就开始讲，好不好？"

好。（所以你即将看到的，是一个我这会儿也还不知道的故事。）

我们讲个什么故事？

鱼小妞：小兔和狐狸的故事。从前有一只小兔子，这只小兔子蹦蹦跳跳来到一棵大树的树洞里。

我：这个树洞又大又高，小兔子喜欢这个树洞，想要把它变成自己的家。

鱼小妞：（该我讲了！）然后，树洞面前出现了一只橙色的狐狸。

狐狸看到小兔子在它的树洞里，说："好可爱的小兔子呀！怎么在我家？"

我：小兔子说："啊？狐狸先生，这是你的家吗？为什么看起来像是没有人的洞呢？"

鱼小妞：狐狸想了想，说："确实，这里什么都没有。"小兔子看了看周围，除了一篮水果，其他什么都没有。

我：狐狸怎么才能证明这是它的家呢？

鱼小妞：狐狸想了个好办法："这样吧，我们可以一起住这个家。"

我：小兔子心里又高兴又害怕："跟一只狐狸住在一个树洞里！"

鱼小妞：小兔子在心里想了想，它会吃掉我吗？

我："狐狸先生，你喜欢吃兔子吗？"小兔子问。

鱼小妞：狐狸说："不喜欢！我爱吃水果。"小兔子说："但是我爱吃胡萝卜呀！"

我：狐狸说："那不正好吗？"

鱼小妞："可是不好分啊。"

我：（狐狸声音）"那好吧，以后胡萝卜都让给你吃！"

鱼小妞：小兔子很高兴地说："那我们就住在一起吧！"突然，它又想到：但是！我妈妈还在家等我吃胡萝卜呢！

我：……（哈哈哈哈！）

这就是我最喜欢故事接龙的地方，永远猜不到她会带来的惊喜。故事讲完后，她就自己去阳台上写字了，完成她今天要写的三十条中锋。那是周末读书的小学馆的先生留的。

在她两岁多的时候，有一回，我正在给祖奶奶缝一个布拎包，她也翻来翻去找布。我问：你要做个什么呢？她拿着一块布说：我就做个梦吧！

那一刻，我的眼睛一亮，是心里有一道光闪过。嘴里却若无其事淡淡地回应：哦，你要做个梦啊！需要妈妈帮你剪吗？

我想，她不知道她不经意间带给我的天真亮光，保持这份不知，这和亮光本身一样珍贵。

“众人皆知美之为美，斯恶矣。”老子也是这样说的。

我欢喜她的一切都是自然的。在教养的过程里，如何既给她人世间的养分，又保护她来自上天的灵心呢？笨笨的我，只会不动声色地和她对话，有时候默默不语，听其自然。

我们有时在家里接龙，在走路时接龙，在坐车时接龙，在放学后接龙，在洗澡时接龙，在睡觉前接龙……童话和想象可以无所不在。与其琢磨怎么保护，不如给梦幻天真一些自在的时间和空间吧。而我认为，最自然的方式，大概就是和她一起待在这个时空里，和她做能随心所欲接话的小伙伴。

有两年多的时间我在网络上玩童话电台，她被我一起玩童话电台的伙伴评为孩子里的头号萌声优，她在每篇有声童话的开头说话，在里面笑。后来，我们渐渐退出，只是偶尔配音了。但私下里，即兴接龙小童话，一直是属于我们俩自己的交流方式之一，和聊天一样。这是日常的习惯，没有改变。

我们又是一起读书的小伙伴。做妈妈的路上，难免有时惶恐。又幸亏还有书可以读，那些圣贤书，多少年传承下来的经典，帮我给孩子养分。说实话，上了许多年的学，读了不少课本，真正的经典之作，只是看，并没有读。读，朗读，和看是很不一样的。读书的潜移默化的熏陶，也是令人享受的。圣贤们教导孩子，也教导我。

我和我的小伙伴，我们就这样，一起读书，踩实脚下的泥土；有时习字习武，借以回到自己内心和强健身体；接龙童话，伸手去触碰、去捉，甚至变出天上的云朵。

这些其实也都是我的需要，生而为人，在天地之间行走的乐趣。（所以，谢谢你啊，鱼小妞，我最好的小伙伴。）

我始终记得把她生下来的那天。有那么一会儿，我听见护士们全都出去了，还没来得及看到的孩子可能也抱出去了，产房里寂静无息。只有巨大的孤单和顺产过后精疲力竭的一个我。突然，“呜哇呜哇”的一声，刚出生的鱼小妞啼哭起来。

我的眼泪涌了上来：啊，原来你也在这里！

孩子让我背叛了自己

午后，孩子拿着手工书来书房，请求和妈妈一起做手工。我放下手里的工作，和她一起叠剪纸。画剪纸的时候，为了我画的某一笔，她哭了。我道歉，安抚，并提出解决建议。她哭，哭，和哭。天气很热，她哭得满背都是汗。我给她擦背，擦眼泪，盼着她快点哭完，好让我开始做事。

心想："以后怎么可能会有人等你哭那么久……"又转念一想："所以只有妈妈会等啊……"这么一想，就耐心地等了起来。

最后，我们重归于好，重新开始画剪纸。她剪了一个又一个，小猫、花朵、兔子……有些是画坏了，有些剪断了，一共剪了五个，终于剪到了一条满意的蝴蝶剪纸。

这时，一整个下午过去了，我一个字都还没写。

我有点着急，导演在催我了。但这是一个妈妈的日常，我还是很平静的，而且鼓励孩子："你反复挑战了自己，得到了自己满意的剪纸！"。

如果是从前，我看到这一幕，会觉得这是一个失去自我的女人，会感到悲哀。她不能完整地拥有自己时间的全部支配权，她把自己分割给了孩子，她沦陷在一个妈妈的日常里……

几年前，还是无孩族的时候，我独自一人去了一趟尼泊尔，本意是给自己的一个告别之旅。真的是为了即将要接受生育计划这事。在生活里，凭空添加孩子这个词，意味着失去自由，意味着掉进庸常的生活里，对追求自由和逃避庸常生活的人来说，那跟背叛自己也差不多了。

很多人在年轻的时候害怕有一个孩子，被逼着生孩子就跟要万劫不复了似的。接受庸常的生活，并不是一件容易的事。虽然没有孩子，最终可能一样落入庸常，但那是一个几乎可以看得见的催化剂。从一个女人生生地变成为一个（像我妈妈一样）含辛茹苦的母亲，也真的需要很大的勇气。

我不想那样做。我在那样的路上，好像是一场失败的背叛。

然而穿过尿片的孩子的屎尿和更多的个人、亲子、家庭的生活习惯、心理和行为，等等冲突，却最终让我画风一变，说出“生孩子是上天多给女人的一次修行机会”“孩子让我成长”这样的话来。如果说这是一场背叛，那我背叛得多么彻底啊！

从担心变成晒娃狂魔，到真的变成晒娃狂魔，这中间，只差一天。就是孩子生下来的那一天。

前几天有一个新手妈妈说，生完孩子后她告诉护士：“我没奶。”护士过来，娴熟地给她挤了一下：“这不是吗？”她看着黄色的初乳惊讶万分：“真的有！为什么她会知道我肯定有奶水？”我说，因为她知道你是正常人类。

是的，因为我们都是正常人类的一份子。所以晒娃狂魔的转变，也是那么自然而然。对自己的背叛，竟然也就不称其为背叛了。因为孩子，重新思考自己的成长，思考亲子关系，认识教育，努力学习和去实践。因为孩子，暴露出自己的缺点与缺陷，反思自己的行为，乃至于思考人的修行，人的使命，人和宇宙的关系，等等。如果不是因为一个小生命在我的子宫里，在我的身体里那样奇妙地发生了，我大概很难主动去思考和主动学习吧。

她问我一些我从来没有想过的问题。比如：第一个人是从哪里来的？地球是怎么来的？地球下面的人为什么不会掉下去？小孩子比较轻，应该比大人跳得高对吗？月亮为什么要绕着地球转？光为什么不能绕过我的手，为什么会有影子？

因为她，我玩手工，自己做肥皂、做小衣服、染布、画画、写故事、读书、读童话、摄影……也学习中医，学习传统文化，学习做一个妈妈，尝试改变自己，尝试从修行的角度认知生活……她让我看见我自己，看见天地。她让我惊奇，每天有那么多的想象力和发现。

或许，有孩子的庸常，比起没有孩子的庸常，还多了一些惊喜。

不生又怎么知道呢？

6/12 何唱

“法国的妈妈们教给我的最重要的一件事，就是培养孩子的独立性。从小就让他独立地睡觉、独立地玩耍、独立地做很多事情，这对他今后的一生都会很有益处。”

——何唱

巴黎索邦人文学院硕士研究生，书店女主人，旅居法国的自由译者。

曾翻译电影《东北偏北》法语版，法语书籍《谁的牙齿》《面具书》《以前、现在、以后》等作品。两个混血小魔头的妈妈，微信公众号“混童话”电台台长。每天关心粮食和蔬菜，呵护心中文艺情怀，喜欢一切孩子们喜欢的事物。

■ 更多何唱亲子视频，尽在公众号“HeyMom 养育研究所”

「她说」

让孩子们慢慢来吧！他们才不要快快长大。

早在怀孕的时候，就阅读了无数关于养育孩子的中外教育类书籍，订阅各种教育公号，幻想着在自己的栽培下他会怎样地愉快成长。但是，孩子一落地，一切计划都被打翻了。你照样那么慌忙，在他高烧或者摔跤的时候，仍然会揪心地心疼。

我甚至越发讨厌去读那些所谓的教育学书籍，对于别人的案例，没有人可以复制，我们只能聆听。

纵然别人跟你说了一百遍要让孩子自然生长，不是非得有高分或者学琴，但你在他顽皮做错事情不好好学习不好好练琴的时候照样会发脾气，这就是母亲。只要你心里有爱，只要你希望他好，就会有千百种折磨。

在法国，常见到的则是一个妈妈带领着一个团（三个以上）的孩子，而她们一切都那么自然并且有条不紊。我曾经也心生疑惑，生怕自己做不到。但当我坚持下来真正做到之后，纵然艰辛与疲惫，我还是很负责任地说一句，这就是我要的样子。

向优雅的法国妈妈学育儿

法国女人，历来以优雅闻名于世，即使在做了妈妈后，也不会马虎对待生活。爱孩子没错，但毫无保留的母爱反而容易让孩子产生疲惫和压力。

法国妈妈坚定地认为：首先我是一个女人、一个妻子，然后才是妈妈。一个人格健全的母亲，是孩子一生的好榜样。

享受独处时光

搬到法国后，我每天去学校接送儿子，逐渐和儿子同学的妈妈成为了朋友，卡罗琳就是其中之一。她是一家网站的高级管理人员，有两个孩子。

既没有请保姆，也没有老人帮助，卡罗琳既要工作又要照顾孩子，却依然每天风采靓丽。我有时和她相约，在孩子放学前，早到半小时，在附近小酒馆喝一杯。用卡罗琳的话说：红酒、好友、性爱、吹头、泡澡、香水、指甲油，和孩子一样，都是生活不可分割的部分。

我们都特别享受这一段时光，虽然极短暂，却让整个人的心情得到释放。

也许，有人会想，只顾浪漫的法国妈妈，家里肯定一团糟。事实并非如此，她们的生活有条不紊，一进到她们整洁有序的房子里，我都会惊诧：这些妈妈们个个都具有艺术家的品位。

法国人的最高礼遇，就是把你请到家中品尝自己妈妈的手艺，由于崇尚礼尚往来，被邀之后还要回请。因此，生日派对就成了妈妈们的厨艺大比拼，随随便便一个巧克力蛋糕都能做出花来，让孩子们在同伴面前长足了脸。

让孩子从小学会独处

法国妈妈特别看重对孩子的心理陪伴，同时认为，不论孩子还是母亲，都要习惯独处。妈妈照顾好自己，照顾孩子就容易多了。而孩子，也要懂得，不是无时无刻有人陪伴。

儿子小时候，我常会把他放在安全的地方，给他玩具或书，告诉他："现在是你和自己玩的时间，妈妈不打扰你，你也不打扰妈妈。如果遇到困难，妈妈就在你身边。"然后，我在旁边看书或写字。

就像卡罗琳说的，既要拥有优雅的生活，又要全身心陪伴孩子，收拾孩子们永远不停弄乱的房间，真的需要强大的统筹组织能力。

对孩子拥有至高权威

我的两个孩子都是男孩，精力充沛，两三岁就已经跑得比我还快。每次去公园，我都不停地跟在后面追赶。

邻居卡梅拉见我累得满头大汗，便告诉我："亲爱的，你不要一直追着他，你得要求他：这段时间只能待在这儿。"我哭丧着脸说："我已经对他斥责甚至动武了，但是他毫不理会。"

卡梅拉笑了："你应该更坚定一点。"

我把托马斯拉过来，用更坚定的语气告诉他："不！你不可以离开这里。"他似懂非懂，十秒钟后又撒腿跑了。我只能再次把他拉过来，告诉他："你现在必须待在这里玩木马。"反复四五次，托马斯终于理解了我的"不"字，开始享受他的木马。

就是这样，法国妈妈在享受生活的同时，用一套高效实用的育儿方法，培养出了孩子良好的自控与独立生活的能力。

RIDE THE CURL

孩子，你一定要成为一个“双文化人”

前段时间看了贾樟柯的电影《山河故人》，结束后我在微信上发了一条信息：看贾樟柯的《山河故人》，哭湿了半个枕头。

一个好友给我留言，问我：“电影哪里最让你伤心？”

我想来想去，真的泪点太多了：一个普通女人短短的一生，爱情抉择的对与错，叶倩文那首经典粤语老歌《珍重》，缺失母爱的孩子到乐，他与张艾嘉孤独、畸形的忘年恋，隔海思念儿子的年老母亲涛……影片最后，始终没有见成面的母亲与儿子更是给了观众一个无情的留白。

最让我痛心的地方，是影片中的小朋友到乐去澳洲留学，成年之后竟然连一句中文也不会说，他与半句英文不会的父亲之间交流的工具竟然是谷歌翻译！

这部片子在国内并不受欢迎。但是，在我多年的海外旅居生活中，这些情感，这些剧情，倒像是活生生的片段，几乎每天都出现在我身边。

近年来华人移居海外越来越多了，父母忙于工作、经商，一句中文都不会的孩子真的很常见。

今天不是想写影评，也不是想批判那些生活中没有培养出孩子一口流利中文的家长张晋生们，毕竟每个人的生活处境都不同，没有任何人有权利去批判谁。倒是，我想和大家聊聊一个新概念：“双文化人”“多文化人”。

我的孩子是中法混血，他们从小就被冠上特殊的称号：在中国的时候，别人会说：“那个爸爸是法国人的孩子”；在法国，外人也会说：“那个妈妈是中国人的孩子”。所以，我一直很困惑：孩子该怎样可以同时融入两种文化？

甚至我自己，无论是在国外留学、工作还是定居，也常在思考，如何带着一头乌黑的头发和黄皮肤闯入这金发碧眼的白人社会里，让别人觉得我并不是外来的呢？

中国人喜欢把文化叫“根”，一个无根的人灵魂是孤独的。在我还没有出嫁，还没有生孩子的时候，和很多人一样，都曾取笑过那些长着中国人面孔却不会讲一句中文的海外华人子女，他们有着一个统一的特别不友善的外号，叫“Banana”。皮黄肉白，外表是亚洲人的长相，而内里却已经完全西化。《山河故人》里的到乐最后就被沦为其中一员。

对于许许多多在海外生活的朋友来说，也许和当年初初出国留学的我一样，认为迅速融入圈子，才是很多海外生活问题的本质。但是，如何才叫真真正正融入西方人的圈子？没有什么比融入到连自己的母语都不懂更惨的了。

根据社会大趋同的发展趋向，不仅仅是东西文化的差异将逐渐拉小，就连现代文化和传统文化也不是并行不悖的。我所指的双文化人，不仅仅是像我孩子这样的混血孩子，而是我们每一名现代人，都应该是一名“双文化人”，甚至是“多文化人”，以一种开放及宽容的态度去接受这个世界上与你不同的所有事物存在。

培养双文化人，应该先建立孩子对所有人类及人类语言的认同、认知感。

身处多语言、多文化家庭的孩子，应该更好地去利用这个好条件，而不是规避它，视其如猛虎，孩子比我们想象中的聪明，语言和对社会的感知能力比任何一个成年人更敏感、更强。

我们家老大在法国出生，由于他爸爸的工作调动，出生五个礼拜就被我们带回上海。一岁零三个月，就被我扔进了家附近的中英双语幼儿园，一直到了两年前上小学才返回法国。

在离开中国回到法国之后，儿子的中文也慢慢由于周围大环境的改变退步成了他的第二语言，但是，中文的底子毕竟还在，身为他的中文老师，我教起来上手也比较快，只是进度和国内同龄孩子来说慢了许多。

然而，我在这里重点想提的并不是他的中文和法语，而是我们在家庭里极少用到的英语。

纵然儿子在上海从小读的是国际中英双语幼儿园，但是，由于我们在家庭里极少用到英语，相对于其他英语国家的孩子来说，英语一直是我儿子的弱项。我记得在上海，带儿子报考美国小学的时候，还曾经因为英语成绩不好被刷在了后排，我当时还挺沮丧的，想着今后要怎么加强他的英语学习。

但是，当我带着他在许多不同国家和操着不同语言的人接触的时候，我惊奇发现，儿子能很自然自如地和人们交流沟通，用的就是他并不流利的英语！

我心想，这该归功于他心里刻下的“双文化”“多文化”的根基吧！试想想，全世界语言那么多，你哪里能学得完啊？你要做到的，就是在遇到和你不同人种、不同语言的人时候，不会惊慌失措，不会像许多西方人给亚洲人标榜的那几个形容词一样“内向、害羞、含蓄”，而是能主动地通过各种办法与其沟通。

这样，就算哪天遇到了个外星人，也没有问题吧。

又聊回《山河故人》里的孩子到乐了。

名不正，则言不顺；言不顺，则事不成。我所想的“双文化教育”，应该是在教导华人孩子在接受当地正常的学校教育的同时，适度兼顾母语文化教育，孩子不仅仅应该有双语的沟通与书写能力，还需兼备东西方文化的内涵。

民族不同，文化肯定也有不同，在中国，哪怕跨个省，生活习惯都有许多变化，何况跨了个大国。作为一个生活在大世界的现代人，我们能做的，就是在不同的社交场合，根据在场人的不同文化背景调整自己的交谈礼仪与风格，或者是将各种文化有效地融合，在西方语境中体现自己的东方个性，在全球化的大环境中，成就一个圆融的个体。

对于我的两个孩子，他们今后能不能读懂《三言二拍》我不知道，他们在听《红豆词》《茉莉花》的时候会不会有他们母亲的那种心境我也不知道，我只希望，成长后的他们能比中国人更了解西方人，比西方人更了解中国。也就是说，希望他们在保留原有文化的同时，吸收西方主流文化中最有价值的部分。我不喜欢他们被当成亚裔法国人，他们可是百分百的亚洲人，同时也是百分百的法国人，这两个身份在他们身上同等重要。

人生的路很长，妈妈陪着你，慢慢走

有一个晚上，我记得那时候老大才三岁多点吧，我和他躺在床上聊天。

我对儿子说，小宝贝儿，你啊，快快长大，长大了就能离开爸爸妈妈，你要乖乖的，要好好学习、好好工作、好好生活……

我话没说完，回过头，发现儿子却在低头哭泣……他说：我不想长大，不要离开爸爸妈妈。

我一下子惊呆了。

这时候，我才意识到，原来我在儿子面前犯下了严重的错误，这些我从小就听着大人们讲的话，这些貌似如此平常的话，每一个字都跟刀锋一样，刺伤着孩子的心。

错误之一：“快快长大”

这是我童年里听得最多的话了。

我想，每一个和我一样的成年人都有过这种经历：长辈们一副慈爱关怀的表情，摸着你的头，对你说：孩子，要快快长大啊！

看起来似乎那么语重心长，给予着孩子无限的期盼，但是，实际上，这真的是一句不能再废话的废话了！

上帝是公平的，给每个人的时间都是相同的，不管你们怎么渴望，它还是那么长。每一个大人都是经历同样的时间，才从孩子成长成一个所谓的大人。不是吗？

而对于孩子而言，大人觉得的漫长，是因为我们自己的缺乏耐心罢了，何必把这种可笑的紧张感强加给无辜的孩子们呢？

后来，我读到龙应台的书《孩子，你慢慢来》，书里有一个情景，说五岁的男孩想要用丝绸带在花束上系一个蝴蝶结，小朋友笨拙的小手慢慢吞吞，系不好。阿婆张嘴骂了句：你要快点儿。龙应台答道：让伊慢慢来。

让孩子们慢慢来吧！他们不要快快长大。

其实，爸爸妈妈们，你们才应该慢慢来。

错误之二：“离开爸爸妈妈”

每个孩子都会有分离焦虑的时候吧。只是有的早点，有的晚点，有的严重点，有的轻松点。

对于“分离”，我想，就连成年人也会感到痛苦及难受，而我，就傻乎乎地对一个三岁的孩子道出了人世间的真相，难怪他焦虑地眼泪都流下来了。

●假分离——上学、度假、父母出差

孩子上幼儿园，应该是人生中第一次和父母分离吧。

在我们全家移居法国后，老二当时一岁多一点儿，由于繁忙，我们送他去社区中心开办的婴幼儿托管班，其实也和幼儿园一样了。但是，相比哥哥在中国读幼儿园的时候，初初入园的那种“爸爸妈妈突然不见了”的痛苦，这里的学校要求宝宝家长“陪读”，帮助孩子温柔地过度了第一次入园分离焦虑。

陪读时间短则一两天，长则有一两个星期，时间慢慢减少，从一开始的全天，到半天，到两个小时、一个小时，给到孩子建立了对幼儿园安全信任的良好情绪。

●真分离——死亡

受中国传统的忌讳死亡观念的影响，许多家长、老师甚至整个社会，都不太愿意与孩子谈论死亡。但是，如果我们不幸遇到了家里有亲人去世了，孩子们会或多或少感染到对死亡的恐惧。

记得我外婆去世的时候，我在家里伤心大哭，四岁儿子看见了似懂非懂，只知道妈妈失去了心爱的外婆，非常伤心，却还不懂死去的含义，拽着衣角问我为什么要哭。

我擦干眼泪后告诉他，妈妈的外婆去世了，死了，妈妈再也见不到她，再也听不到她说话了，所以很伤心。但是，妈妈的身上流淌着外婆的血脉，如果妈妈想外婆，就亲亲自己，仿佛亲了亲外婆，虽然见不到她了，但是却永远活在妈妈心里。

孩子很满意我的答案。

我想，在这种情况下，大人首先要传达给孩子一个正面的信息是：孩子，你很安全，很年轻，不必担心死亡。同时我们要告诉孩子，死去的人们不会痛苦，他们安息了，而伤心，这是一种正常的情绪流露，没有什么不好意思的。

扯远了，聊回我篇前的失误吧。

后来，儿子爸爸过来，接盘了我的失误。

我记得当时爸爸把儿子抱在怀里，告诉他，小宝贝儿，妈妈是在告诉你要学会自己穿衣服、自己刷牙，做一个大宝宝的样子嘛。爸爸妈妈是不会离开你的，永远不会。然后，我们三个人拉钩许诺。

儿子渐渐平静下来，被我这个笨妈妈冷却掉的心慢慢温暖起来，心理安全感的围墙又重新构建起来，这个被我大意惹起的乌龙才算平息了。

时至今天，老大已经八岁了，他已经完全能接受“离开”爸爸妈妈，和同伴们愉快地去参加夏令营，去滑雪学校，一去好几天，一点儿问题没有。

而每每我回想到自己那一次的愚蠢，还是那么内疚。

我把我的这个经历讲给了许多朋友听，他们都笑我太“诚实”了。孩子还那么小，人世间的悲伤如此多，到底要不要告诉他们？

龙应台如是说：“在他往后成长的岁月里，他会见到无数的人间恶事，没有必要两岁就开始知道人与人间的仇恨，人的快乐童年何其匆促，何其珍贵！”

人生的路很长，妈妈陪着你，慢慢走……

7/12 芭蕉

"我觉得好奇心很重要。如果一个孩子从小失去了这种好奇心，在做很多事情时，都可能会想要赶快完成，看到那个结果，却不享受过程。我希望孩子学会享受生活。"

——芭蕉

国内亲子旅行策划机构"童游列车"创始人，曾经的作家、媒体人、广告人。

现为两个孩子的妈妈，4 年来带着孩子们走过十余个国家，探索世界各地不同风物，引导着用"低一半的高度，慢一半的速度"和孩子一起旅行的育儿理念。

■ 更多芭蕉亲子视频，尽在公众号"HeyMom 养育研究所"

「她说」

现在的父母溺爱孩子，很多时候是觉得孩子没有能力，不认同孩子，父母的道理才是真的道理。这是在把孩子作为独立生命体的意志慢慢消磨。他们可以帮孩子做任何事情，却不相信孩子可以自己做。

爸爸妈妈带孩子是有绝对优势的，直系的父爱母爱是没有什么可以代替的。但有一个前提是，教导者必须是一个懂得如何尊重生命个体的人。我爷爷是把我当作一个很独立的生命个体来教育的，尊重你的生命，尊重你的各种能力。

当有一天孩子说：全部都是妈妈的错

孩子们自己在书店买了几本书回来分享。孩子们是指我 11 岁的外甥女，还有 7 岁的儿子 5 岁的女儿。

两个小的买的是最近他们深爱的小马宝莉系列。外甥女买了一本漫画。

书的内容是一个关于几个女中学生，在学校发生的霸凌与反霸凌的故事。

他们很快都被这个故事吸引了过去。

姐姐比较简单地向弟妹们讲述了一下基本情节，并且用“黄色女”“黑色女”“白色女”……这类的基础标识代替了人名，好让他俩记住。而他们在听完故事之后所有的话题，都围绕在其实整本书只花了一小段落来交代的小情节上——关于霸凌者“黄色女”的家庭背景。

因为当这个故事才刚刚开始,儿子的关注焦点就在于不停地打断:她为什么要这样欺负别人?

结论是“黄色女”从小就生活在姐姐的光环之下，她的妈妈永远都在拿姐姐跟她做参照，而她却越来越知道自己永远也追赶不上优秀的姐姐。

这其实是很多小说也好、电视剧也好，相当常规的套路。

很多恶的根源都来自于家庭善意的捆绑。

但因为我从来没有和孩子们探讨过这类问题。外甥女也说：我一直以为这个作者的漫画很搞笑的，没想到今天买了一本这么暗黑的。

三个孩子，尤其是比较大的这两个（女儿基本还没进入状况）对这个话题进行了整晚的争议。

一直在老家生活的外甥女对“黄色女”有着极强的共鸣：我从小就听到 ××× 的名字，只要我考砸了，我就要从长辈那里听到他的名字一百次，他是怎么怎么变得有出息的，他是怎么怎么发奋图强的……虽然他是躺枪的，但是我真希望他从这个世界上消失掉。

儿子反驳：但这不是她姐姐的错，都是她妈妈的错。是她妈妈不停这样说才会让她有这种感受的。

外甥女：我当然知道啊，但是你发现自己怎么拼都拼不过的时候就是会这样想。

儿子：为什么要拼啊。

外甥女：不拼大人们还要这样不停地说一百遍，而且是每次一百遍。

儿子：所以就是她妈妈的错啊，她妈妈为什么要这么说。

外甥女：因为她妈妈要她争气啊。

儿子：我不争气又怎么了，我还是个小孩子呢，她妈妈为什么不自己去争气。

外甥女：反正“黄色女”从此以后就变得很坏。

儿子：她妈妈最坏！

然后他们陷在一个争执的套路中不停地重复。

我在边上干自己的活，一边偷听。没有参与也不想参与，因为对他们而言，此时我说什么都会属于“大人的话”。

但在他们两条线索的争执之下，我还是意识到，他们的确在探讨根源那部分，而且是从一开始就直指根源。他们没有再管女孩充满霸凌的本身，对于被霸凌的弱者也不以为意。

因为这件事从一开始就是错的，是有理由错的。这个理由是不容置疑的，因为没有孩子能承担得起这些错误，他们哪怕找到一丝让成人去背负的绳索都不会放过。

当一切都是妈妈的错之后，事件本身就失去了责任感。“我还是个小孩子呢”这样的话会让我们意识到，在孩子身上你还不需要去为他定义道德的范畴，他们要的仅仅是一种安全和力量，来自于他们一无所知的成人的世界。

这种力量并不会使他们变得更暴烈，而将成为他的光环，保护着他。

只有这种力量崩塌之后，人们才会需要另一种武装。

有一次旅行路上，同行的两个孩子争吵起来，一位妈妈急着让自己孩子和对方道歉，孩子便吃惊地责问：妈妈，你为什么不帮我？！

还有时妈妈让孩子和同行的小伙伴们分享美食，有些孩子也会反问：我不想分难道就不行吗？！

今年以来，我和孩子一起制定了一套加星规则，列了些条目如果做到了就可以加星星，一定星星数以后会有奖励。有一次孩子十分淘气，爸爸气呼呼地问我你怎么不给他们扣星，给个扣星规则！

我说所有这些条目里，哪怕一颗星都加不到，也不会影响他们快乐成长，只是当他们做好了，我们会觉得更好。

当孩子身上一点一点的光环被我们一分一分地扣除以后，成为一个无力承担自己过错的躯壳，里面装着一颗玻璃般敏感脆弱的心，我们要面对的，也就无非是一句：“全部都是妈妈的错”。

郵〒便
日本郵便

低一半的高度，慢一半的速度，我们一起行走在童年里

2013 年，我开始创立“童游列车”的时候，需要一个 Slogan（标语），我很自然地就写出了这句话，没有很多铺垫。那时候一哥 4 岁，一妹 2 岁，我们已经走过很多个地方，而这句话就是我心里一直在重复的。

甚至可以说，其实是为这句话，才开始有了“童游列车”这样一个专门做亲子旅行策划的机构。

有一次我带着孩子们去台湾旅行，小小的一妹挂着个小儿童相机，总是落在很后面，要我反复催促快点儿快点儿，她就哼哧哼哧一会儿一句“妈妈抱抱”。我说很快就到了别抱了。

回家后我导出她拍的那些照片，没几张能看的，但有一张一下子撞击了我的神经。相机记录的正是那一幕，画面中有站在遥远的前方的我，以及大半的空白，是我和她之间的马路。

当时我也在拍照，拍她。我和她之间实际只有四五步的距离，我是指我的步伐。这张照片让我意识到，在她不足一米的高度下的世界，离我竟然是如此遥远，远到让她失去了安全感。而在我看来两秒钟就能走完的路，她至少需要两分钟甚至更久。

其实我是一个急性子，而且是超级急性子。除了说话速度比较慢以外。过去我做广告的时候，有回我的老板很郑重地对我说："芭蕉，我注意到一件事，和你说话一开始我还能听清，但你总是越来越小声越来越小声，然后我就听不清了。"

我特别惊讶："啊，是真的吗？"

我的另一个老板，学心理学的，曾经对我说："因为你思路跑得太快，所以话说到一半以后才开始认真想，而你一开始琢磨了，声音就不自觉地放低了。"

我觉得她说的很有道理。现在我在女儿的身上也发现了这个特质，快和慢、急和缓的这种矛盾，让我们的语言经常无所适从。

在年轻的时候我常常都是操之过急用力过猛，很快便累了，然后我就会停下来，假装自己当机了，几个月后再重启。但这是一种很任性的做法，至少我一个人的时候，不太在乎也没关系。然而两个孩子相继出生，这种任性都需要开始有附加条件了。

因为你根本停不下来。

好比只关了显示器，可是里面的游戏还自己在跑着，等你再回头

来看时，主角也好，RPG（角色扮演游戏）也好，死的死，升级的升级，都和你没了干系。很多事再也不能后补式的思考，所以从一开始就只好慢一点。

我要像全世界的慈母一样慢慢地看着孩子们长大，记录他们的一颦一笑、点滴成长……但是，着急上火依然是我的生性，就算心心念念地说着不想错过孩子们成长的任何一个瞬间，我仍然时时都恨不得给他们装上一个快进钮。

好比我看书常常忍不住翻到最后一页，我也好想说，能不能先把孩子们的未来发给我看看，那我就能安心多睡几场懒觉了。然而，哪怕我打字的速度再快，也拉不快一段故事的进程。

每个孩子都在急着长大，在我的认识范围内，还没有哪个孩子会在还是孩子的时候说自己愿意做个彼得·潘。然而也正是他们偏偏更喜欢留在原地玩耍，在童年的泥潭里打着滚儿根本就拖拽不出来，那是他们意志中的小飞侠。

我试图在各种旅行的路上把孩子们从乱石堆里拖出来，从小树丛里拖出来，从糖果店里拖出来，从小水坑里拖出来……然后，拖出来之后呢？不就是跳进下一个水坑么？

这看起来仿佛只是他们一次次对我的速度与耐心的挑战，而从另一个角度，又抑或是他们在盛情地邀请我再加入一次我未玩尽兴的童年？！

何其幸运的是，我可以一个水坑接一个泥洼的，以如此幼稚渺小的姿态，如此缓慢平静的速度，和他们一起，环绕着这个地球村，亦步亦趋地走过比展翅高飞更高远的旅程。

童年有多苦

那个很有名的电影《这个杀手不太冷》，十多年前看的，当时就是一句台词让我印象深刻：“人生这么苦，还是只有童年苦？”

我对童年的记忆大多都比较模糊，最清晰的就是，小时候总特别觉得：童年苦。

那时候被迫去剪成男生头很苦，不到28度不能穿裙子很苦，经常见不到妈妈很苦，小堂妹出生以后大家爱她不爱我很苦，考试没有一百分很苦……之类，总之阴影很多，也很容易阴影。

很多年以前，我在想将来如果我有了孩子，绝不会让他们重蹈覆辙。

很多年后，孩子们出生了。

在给儿子选择幼儿园的时候，我琢磨着各式各样的幼儿教育理念。后来在一间家庭园填表的时候，表格上问我对孩子的期待。在此之前我还真没有正儿八经地考虑这事儿。

我期待什么？我期待来了一个孩子，那就是期待全部了。

但表格里要求写出比较具体的形容词，比如说正直乐观勇敢善良什么的。这样的问题看似如此简单（全都要啊），但好像又并不真正简单。所以那时候我才认真地思考起来。

我想起小时候成天对爷爷说我长大以后要当老师，要当科学家。我们班上基本所有的同学都有相同的梦想。

然后我就每天在院子里给爷爷上课，教他认字。除了文化课，还要给他上体育课，教他舞刀弄剑打沙包。在前往科学家的人生道路上，爷爷还和我一起不断尝试自制电热毯、半导体、电子琴。

反正对我来说，他就是宇宙无敌世界第一最配合我梦想（当时的）的那个人。

当然，这些努力到现在都被验证了，一切都白费了。

成年后离家在外，爸爸给我电话问我近况，我说很好啊。他说反正问了也白问，苦的你也不会说。

我说不是啊，我是真的没觉着苦啊，我很好啊。

一旦回想起了这些就让我非常开心。没有成为老师或科学家的我如今显然比童年苦得多，累得多，难得多。

而我，也很庆幸自己只在童年叫过苦。

8/12 陈晓楠

“大部分的母亲可以给予孩子乳汁，还有一些母亲可以给予孩子蜂蜜，蜂蜜就是指对生活的那份爱，这取决于你的生活状态，你是不是一个幸福的人。”

——陈晓楠

腾讯网副总编辑，首席主持人。曾主持“凤凰早班车”等节目，并参与直播多宗国际大事，包括“9·11 事件”、伊拉克战争等。2003—2016 年，由她担任主持人的《冷暖人生》曾在国内外获得多项大奖。陈晓楠也被誉为“中国最具人文精神主持人”。家有一女。

■ 更多陈晓楠亲子视频，尽在公众号“HeyMom 养育研究所”

「她 说」

我希望 Isa 会成为一个有趣的人，她能懂得在平淡的生活里时常给自己创造乐趣。这种“有趣”，是需要我们言传身教的。我们在面对熟悉的事物时，是怎样的情绪状态，怎样找到乐趣，小孩在我们陪伴她的过程里，不知不觉就学会了。

我希望我的小孩能感受到生命的美和趣致，别的都不重要。

女儿就像是我对上天求来的。有了她以后，我的人生里再也没有什么奢望了，再也没有一刻是不满足的了。人生中多了一个能和我的灵魂作伴的小灵魂，她能和你相伴一生，这个感觉真的是很好。

我们活着到底是为了什么呢？如果一个孩子，身体健康，各方面都挺好，但她是个很严肃、很焦虑的孩子，或者她长大成人之后，什么事情都做得很好，可她总是不满意，或者她总觉得生活就是这么枯燥……那我觉得，我作为她的父母才是真的很失败。

是她，拉着我去看世界

女儿是在美国一间妇产医院出生的。那个医院有个传统，每当一个新生儿落地，整个医院会响起一首歌。所以基本上每隔一两个小时，大厅里走来走去的人们就会站定几秒，向天空望望，相视一笑。终于，在一个双子座与巨蟹座交界的神秘时刻，属于我的那首歌响起来了。

医生把她高高举起："这回是个瘦姑娘！"

几个小时后，她躺在小推车里，面孔白得发亮，来到我面前。

姐姐说："抱出来看看。"

"啊？人家让抱吗？"我张着手，像是在实验室里毕恭毕敬地观赏小动物。

"什么话，自己的孩子还不让抱吗？"

根据过往表现，没人觉得我能胜任一个妈妈的角色，我成为忙忙碌碌的家里只负责鼓舞士气的围观型母亲。

我一度像个祥林嫂一样逢人便问："她会不会跟我不亲啊，会不会只认阿姨？"因为有那么几次，当我伸开双臂，她肉肉的小手都快扶到我肩头了，又猛地转身扑进阿姨怀里。不是不崩溃的啊。

可谁又想得到呢，没过多久，我崭露头角的时刻就到来了！

魔法如此简单。当我把绘本放在膝头，展开香喷喷的书页，那个小肉球无论身在何处，准会毫不犹豫放下手里的玩具，热切地蹒跚而来，贴着我的身子软软地坐下。于是，听着她的鼻息，只属于我们两个的旅程就开始了。

我们去到风浪很大的海上，去到蚯蚓才会钻的地洞，我们和不愿意上学的小兔子一起放声大哭，学着像害怕黑夜的小鳄鱼闭上眼睛。

有一本书叫《一百层的房子》，有一阵子，为了一探究竟，每个晚上我们都会气喘吁吁上上下下“爬”上个十几遍，以至于我不得不央求她放过体力不支的“老母亲”。

还有一本书，讲一个小姑娘和姐姐大吵了一架，怒气无处发泄，走出家门。她走进森林中，走到大自然里，坐在高高的树枝上，面朝着大海。微风吹来，小姑娘不知不觉平静了下来，心生喜悦。然后，她顺着小路走回了家。家人什么也没问，只是笑笑，大家又在一起。“广大的世界安慰了她。”这么简单的小故事，没有任何高深的解释与道理，只是这句话出其不意击中了我，几度湿了眼睛。

这个世界，这个我面前的小妞妞将要走进的世界，是什么样的呢？有几多温柔？又有几多残酷？在一次次的沮丧挫败之后，真正安慰我们的不正是这时光的流动、四季的更迭、永远如约而至的广大世界吗？

而这个世界，充满诗意也无比现实的世界，带着不可思议的温暖与趣稚展现在了我们面前。

这一切，是我以前竟没有发现的。

很多时候，闭上眼睛，浮现眼前的总是女儿小小的背影，那么笨拙又兴致勃勃，奋力向前。

原来是她，拉着我，去看这个广大的世界。

因为当了母亲，我觉得特别、特别好

在 Isa 特别小的时候，我的生活技能是很差的，在家里就是一个围观型母亲，比如说阿姨负责给 Isa 洗澡，我就在旁边帮忙递个东西，边看边觉得：哦，是这样洗澡啊，挺有意思。出门的时候也是阿姨带着她，我更像一个领队或者指挥。我当时没意识到事事假手于人会有什么问题，只是觉得既然阿姨比我做得更好，就让她替我做好了。

后来好像突然有一刻，确实是很明显的一刻，我意识到没有人能够代替我陪伴她，尤其是精神上的陪伴，其他人做得再好都不能代替我。我如果错过了这种陪伴，那就不会知道做一个真正的母亲是什么感觉。

从那一刻开始我下了决心，要带 Isa 出去旅行，而且只有我们两个人。我刚开始其实很怕一个人带她，因为我丢三落四地习惯了，我怕我照顾不好她。后来也确实是，跌跌撞撞、连滚带爬地带她，但我好像忽然一下子就成了真正的妈妈。我们天天在一起，一起经历每一个细节，有时候会累到很崩溃，但那种崩溃也是很甜蜜的崩溃。我发现自己原来还挺有韧劲，虽然有苦有乐，但非常享受这种和她两个人的世界。

和孩子一起出去，你会发现她在这个过程里不是一般旅行那种走马观花，她会驻扎下来，和当地的各种事物产生一种链接。比方说我们有一次在山里玩，住在一个小民居里面，每次穿过一条小胡同的时候都会跑出来一条小狗。Isa 小时候是怕狗的，所以第一天她就远远地看别的小孩跟那个小狗玩，有点儿好奇。第二天呢，她会有一点儿跃跃欲试，但只要小狗一扭脸看她，她就又会躲到别人身后去。到了第三天，她就要去摸它和抱它了。

在这个过程里面，我会观察到她的一些微妙的变化，甚至是突破，觉得挺奇妙的。她看这个小狗的眼神，每一天、甚至每一个时刻都不一样，然后我会觉得我离她的精神世界更近了。

在孩子这个阶段，她的生命是特别饱满的，从早到晚她一直在看新鲜的东西，她是不停歇的。但是等她晚上困得不行，倒头就睡的时候，我还要收拾非常多的东西，制定第二天的计划，我会感受到体力上无以复加的累。但是呢，我在精神上始终是很亢奋的，就是很兴奋的那种累，还有那种相信自己的快乐。因为你每时每刻做决定，每时每刻观察她，和她互动，每时每刻和她在一起，尝试新鲜的东西。就会觉得自己作为一个妈妈，很“行”，这种“行”既是做妈妈的责任，也是很幸福的一种感觉。

有一次我们去斯里兰卡，去看大象、逛芭蕉园。和我们同行的一个朋友给我们母女拍了一张照片，我当时看到之后觉得特别感动。她拍的是我们两个的侧面，坐在一个楼梯上，Isa坐在我的腿上跟我说话。我穿一个大花睡衣，她穿一个小花睡衣。我突然有一种，天上掉下来一个小旅伴的感觉。而且因为有了她，我觉得自己能够从一个更根本的角度去看这个世界，看到很多原来根本看不到的东西。

我其实是一个很懒的人，求舒适。如果我自己去玩的话，一定是那种腐败游，在一个小广场上喝喝咖啡，然后睡一觉。我不是那种探险游的热衷者。但是，后来我和Isa一起去经历了很多大大小小的冒险，沙漠、极地、海洋，可以说是她带着我突破了自己的边界。当我在网上发我们的旅程痕迹的时候，我最好的朋友都会觉得我完全变了一个人。他们说，想不到你是这样的一个母亲。

因为当了母亲，我觉得特别、特别好。

我要和她站在一起

Isa 现在四岁多了，正是爱交朋友的年纪。每每看着她和小朋友们开心融洽地玩耍、深情款款地拥抱，我都心生感慨，两年前我竟然为她的“打人”问题深深焦虑过。

我的孩子两岁多时第一次跟小朋友动手，推了别的小孩儿一下，把我急坏了。我发动自己四十多年做思想工作的经验，掰开了揉碎了说：绝对不能打人。

两岁多的孩子，语言能力还不够强，和小朋友起冲突后，她有时候会推一下，或者“啪”就上手来一下。当时我真的有一些抓狂，看了那么多育儿文章，都在探讨如果孩子被人欺负了该不该还手，而没人说如果你的孩子打人了你该怎么办。

我问自己，是不是我是个太不严厉、太不爱发脾气的母亲？那么，如果严厉要严厉到什么程度？在这个过程中，作为家长，有一种羞愧的感觉。

老师跟我讲，孩子两三岁的这个阶段，语言往往跟不上思维的速度，也会误解别人的意思，会在这一刻有打人的冲动。事实也是如此，其实她一秒钟之后就好了。

我还问了很多人，最感谢的两个朋友，是育儿和心理方面的专家。他们告诉我，第一重要的事情是：你要和她站在一起。

她每次都特别诚实地告诉我，一进门就说，妈妈，今天我打谁了。她认为这是个大事，因为我每天都在嘱咐她不能打人。我意识到，如果有一天她不告诉我了，那更糟糕。

后来我想，她应该是怕规则，而不该是怕我，是我们一起面对规则，而不是她在面对一个凶神恶煞的母亲。

干一件事有杂念是干不好的。我的杂念是什么？是我的虚荣心。我的愤怒有一半是因为觉得她让我丢脸了。这种虚荣心是有害的，对这个孩子不公平。

我还是要不断地跟她做演练，生活中真实的社会原则的演练。每一次都跟她讲为什么。慢慢地她的语言能力更好了，能跟得上思考了，自己也会更多地讲出为什么，而不是动手。

还有个朋友跟我说，你要教她有个出口，比如一生气就去墙角呼呼气。我讲给女儿听，但是当时她那么小，听不懂。

到她三岁多时，有一次我俩聊天，她不同意我的观点，腾腾腾地就跑走了，跑到自己房间里，过阵子兴高采烈地出来了。我说："你干吗呢？”她说：“妈妈，我呼气去了，现在好了。”

我突然发现，一年前我给她讲的东西，已经在她的小身体里发了芽。

那时她已经可以用方法控制自己了。有一天我去接她，有两个老师同时奔出来说：“我要给你讲一件 Isa 的事。”“怎么了？”“她坐在椅子上，另外一个小孩过来了，说：这是我的椅子，刚刚我坐在这儿的。这时候就看到 Isa 低下头，拧自己的衣服角，控制啊，控制啊，控制了一会儿就好了。”

时间又过了一年，现在的 Isa 平和、开朗，朋友很多。我看着她都有点难以相信，我们还共同经历了那么一段。

你无法钻到小孩儿的内心世界里，她也不能特别清晰地描述和认识自己的反应，她其实挺孤独的，要靠她自己去对抗，去成长。在这个孤独的路上，我很庆幸自己没有变成她的敌人，而是变成了她的战友，和她共同面对这个事情，和她站在一起。

这个过程给我很大的启示，也让我们两个的交情更深了。

■采访手记：绝不辜负一颗“小灵魂”

JY

她来了。

不用介绍，这就是陈晓楠。成熟、干练，齐肩的头发蓬松状，似她自然开朗的嗓音。

在一张本色的实木长条桌边坐下，身后画架上的两幅油画，一张盛开着绚烂的白色花朵，另一张，画布上的深蓝色与浅蓝色似乎是暮色时分，天空与大海交接的时刻。

这儿是她朋友的一个学画空间，习画者会不定期地来这里，一次次地练习怎样把眼中与内心的图景呈现在画布上。

她在画前开始讲述，一点点地说起宝贝女儿 Isa，浑身上下散发出一种暖色光，洁净清亮，四下的空气也都被温柔地点燃了。

晓楠——“一种倔强的声音在心底里频频敦促另一种生活”

“家里没有什么娱乐，几乎也从不下馆子！”她早年的印象中，下馆子吃饭竟然是一件坏事，以至于到了大学，一位男同学邀请她去餐厅吃饭，她脑子里的第一个念头居然是“他是不是有流氓习气啊”，后来她才发现“下馆子吃饭”其实是再普通不过的人间场景而已。

父亲与母亲都是科学家，终日与化学方程式、实验室数据打交道，思维严谨，生活上比较苛刻，家里的衣服没有色彩，基本都是蓝色与黑色，生活方式与细节亦然。

假若天下有两类人，一类是被原型家庭的环境色同化，成年后亦带着同款色去经历世界；另一类是“分化”出一个时刻观察与反思的自己，希翼改变，终在成年后调制出与原有的环境色迥异的色彩，将不同的世界落定。

晓楠属于后者。

她有一个姐姐，也随父母从事了科研。轮到她填大学志愿时，她选了文科，北京广播学院的国际新闻专业，那时，心底里有一种倔强的声音频频敦促：或许我的生活可以跟他们的不一样。

在凤凰卫视，她主持《凤凰早班车》，继而挑梁《冷暖人生》，参与直播多宗国际大事，包括“9·11事件”、伊拉克战争、北京申奥、莫斯科人质事件等。

她在事业上毋庸置疑地算是到了一种可以被认为“成功”的境地了，但在她看来，这只是一个专业人在其位，谋其职，尽其责，扮演好自己的社会角色。

制作节目过程中，她接触到大量被采访者，去到世界不同的场所，亲历重大的历史进程，包括与团队中性格才能各异的同事们共处。日子在此处的颜色可谓璀璨，也给她更多人生感悟：“一天也不能辜负，一天也不能难为”。

而母亲这个角色，则给她另一种看待生命的视角，给予生活新的色彩。

Isa——“一种新生的活力在脸上向世界绽放另一种生活”

Isa 四岁了。

她表情之丰富多变，常让母亲晓楠陶醉与痴迷，“这是一个 funny 的孩子！”晓楠几乎每天都要拿手机拍下她的照片，在朋友圈里晒照。她很欣慰，自己的孩子有一种与生俱来的幽默感。

“这点太重要了！”晓楠说，“我希望我的孩子要开心，要放纵自己的快乐，要生活在游戏中一样；生命是商场里不能买的，我希望孩子感受到生命的美与趣致！”

这强烈意愿的背后，是 Isa 的来之不易。

本来就是大龄女青年，工作又忙，好不容易克服各种顾虑，调整好心态，准备备孕，切尔诺贝利二十周年纪念的采访任务却来了！

职业精神与当母亲的心，在理智平衡秤上较量了几下，晓楠还是决定先去切尔诺贝利勘察辐射残留的状况。那毕竟是人类历史上罕见的事件与场景之一，作为职业新闻人怎能忽略它的真相；暗地里，她也告诉自己：尽量别去太危险的地方，免得受辐射影响之后的受孕。

事实上，一旦身临其境，不去危险的场所是不可能看到真相的。

后来回忆，她说道："最震撼我的不是爆炸现场，而是旁边的死城。人们一夜之间紧急疏散，再也没有回来。二十多年后，窗户依然开着，地上散落玩具，黑板上写着第二天要做的事。'震耳欲聋的寂静'。最惊心的不是爆炸，而是破碎的生活。"

这更坚定了晓楠原来的想法：一定时刻要当一个幸福的人！

幸运的是，Isa 健康地出生了，且身心俱佳地成长着。

Isa 对她来说，是上天赐予的礼物，她虔诚地对待，仔细学习怎么认识这件宝贵的礼物；在这个过程中，作为母亲的体验逐渐积累与丰富，内心里仿佛生长出一个新的自己。

9/12 邓 立

“在青春期前，我希望奠定一个基础，他是个有契约精神的孩子，是个能实现自己承诺的孩子，长大后是个负责任的、信守承诺的人。”

——邓立

《嘉人》品牌首席内容官。执掌《嘉人》近 15 年，认为自己“非常幸运”的邓立，除了工作还是一个幸福的妈妈，家有一儿，有属于自己的一套和孩子的沟通方式。

■ 更多邓立亲子视频，尽在公众号“HeyMom 养育研究所”

「她 说」

我在他很小的时候，有意识地培养他的专注力、自我管理能力、安排时间的能力。他只有把这些习惯全部养成之后，我才能稍微跟他保持一点距离。

培养，不能等他上学之后突然变成熟。最早是训练专注力。从他两岁多一点，我们晚上在家一起做手工。刚开始，他能够专心做这件事的时间非常短，手也很笨拙。那时我尽量不去看他。这是一个很长的过程。慢慢地，他集中注意力的时间从三分钟到五分钟，到最后可以半个小时，一个小时。

所有东西都不是一蹴而就的，不是他到了六岁上了小学，你觉得他应该专心，他就专心。他不是一个机器人，你输入一个程序，他就会去执行。而我用了三年的时间，培养他的专注力。

不要去做导师型妈妈，给他一个空间失败，自己去尝试。

我给他讲故事，讲到关键时刻就停了。然后他就很着急，说怎么办啊。我说你必须得多认字，自己去看。讲故事越多，从量变到质变，最终他自己要认字。认了字之后，自己磕磕巴巴看书。我开玩笑说：你终于从文盲变成了半文盲，努力在脱盲，就是为了不求人。这就是他主动学习的过程。

我希望用一个合约，让他明白他长大了，并且协议的双方是平等的，是甲方和乙方的关系，也表示我对这件事是认真的，他也是认真的，这是我特别郑重的承诺。

我是甲方，儿子是乙方

我跟儿子已经签好的协议包括两项，做家务和零花钱的使用。我们之间是平等的关系，所以协议的条款是我们一起商议出来的，不是我强加给他的。合约的方式说明我们对这个事情非常严肃认真，我也希望通过这种方式帮助他成为一个有契约精神、信守承诺的孩子。

用协议育儿的妈妈

现在形成白纸黑字的协议有两条，一个是零花钱的使用，一个是做家务，我们是签过合同的。零花钱和做家务，都从他八岁开始。

我会每周按照一定的金额给他钱，这里边有20%是储蓄的。我想让他从小知道什么是储蓄，什么是可以自由支配的钱。

自我生活整理是他必须要做的事，比如早晨起来叠被子，自己的书桌要整理。在这个基础上，假期时他要开始学习做家务。

他有手机差不多一个月了，这一个月是试用，关于使用的方法、使用的时间、使用的范围，我们会再讨论。

他现在比原来大了，开始有了谈判的可能性。我希望用一个合约，让他明白他长大了，并且协议的双方是平等的，是甲方和乙方的关系，也表示我对这件事是认真的，他也是认真的，这是我特别郑重的承诺。

在青春期前，我希望奠定一个基础，他是个有契约精神的孩子，是个能实现自己承诺的孩子，长大后是个负责任的、信守承诺的人。

言出必行

小学一年级的儿子有两周常常把午饭剩回家（老师不允许倒剩饭）。我跟他说，吃不了可以少盛饭，但不能浪费粮食。他同意了，表示一定做到“午饭光盘”。“再剩回来就给你当晚饭。”我说。

好了几天后，圣诞节晚上又带着剩饭回家了，晚餐满桌的牛排烤鸡，他面前放着半碗剩饭。

“圣诞大餐变成剩饭大餐了吗？”他嬉皮笑脸地说。

“你答应了的哦，再剩回来就当晚饭。”我和颜悦色地说。

他吃了两口面露难色：“把这些吃了就吃不下牛排了。”

“你还有吃不下牛排的时候？”为娘的我在心里“哼”了一声，不过还是很慈祥地切了一小块牛肉递给他说：“不耽误。”

半碗饭艰难地进行到还剩两口，小爷把碗一推，坚决不吃了。

还没等我开口，旁边一堆“亲爸亲妈”都来讲情，只有我这“后妈”坚持用温柔的声音说：“儿子，你以后会成为一个特棒的男人。”“为什么？”他满心戒备地看着我，在一次次斗智斗勇后，他知道娘亲绝

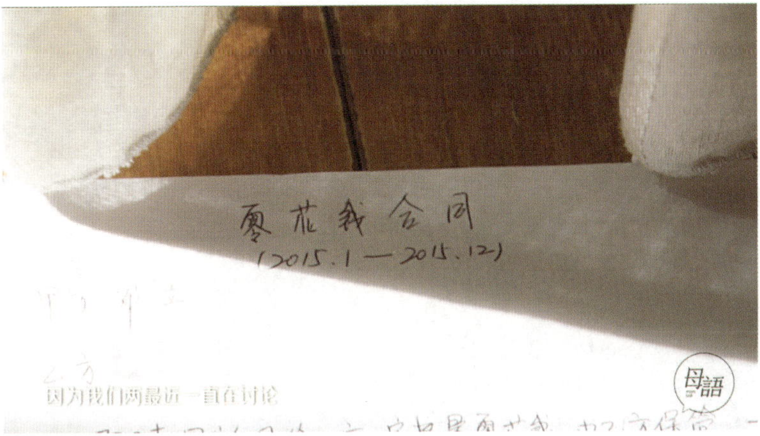

对没那么好讲话。

“你吃完了剩饭，做到不浪费，而且兑现了你的承诺。能够履行诺言的男孩子，以后一定是个特棒的男子汉。”在我的赞扬声中，他顶着“高帽子”把最后两口吃干净了，此后三个月他再也没有剩过午饭。

在这件事中，“吃剩饭”不是惩罚，是他在兑现诺言、爱惜粮食，做到了应该得到表扬。用积极正面的方式和孩子沟通，是我一直在尝试的，就好像成年人的工作中，能用积极的思维方式去想问题的人，总能活得更好些。

■采访手记：得有多坚强才能走进童话

JY

一个成熟女性至少有两个面。

那么，邓立呢？

A面职场

“我的自由有一个边界，边界里面很自由，但从不会超过边界。”

惯性思维中，时尚刊物女主编大多如《穿普拉达的女魔头》一般凌厉、冷酷与强悍。而邓立，作为执掌《嘉人》杂志十多年的女主编，完全没有一点“女魔头”的气息，一袭蓝白小细格的连衣裙，马尾柔和地垂在颈后。

《嘉人》的读者群是25—35岁受过良好教育的现代女性，她们拥有独立的人生观、强大的内心，生活方式却各式各样，或特立独行，

或循规蹈矩，并不恪守一定之规，参差多态乃是幸福的本源。邓立深以为然，《嘉人》品牌的口号也是“自由女人自在精神”。说起自由，她认为自己的精神是自由的，生活中的自由却是有边界的，界限里很自由，越界会谨慎。

邓立是佛教徒，办公室墙上挂着一幅唐卡，高柜上立放着《般若波罗蜜多心经》。她的“时尚活动”常包含为众生谋利的“发心”与“布施”。比如，为了扶持贵州山区的苗寨女性，恢复濒临失传的苗绣，她多次深入山寨。车不能行时，便手脚并用攀爬崎岖山路。

书架上有一幅贵州苗绣作品，由融化的锡箔制成细小的锡粒，在蓝布上飞针走线，呈列出古老的图案。这是她5年来发心守护的古老

手艺之一。

B 面家中

“与儿子在一起的时间都是童话时间。”

邓立太忙了！工作出差频繁。生了儿子牛牛后，她努力抽空陪牛牛，尽量缩短在出差地的时间。最短的一次，北京—巴黎三天往返。一般人，时差都没倒过来呢，就要返途了，而邓立说：“我习惯了，不用倒时差。”

牛牛9岁了，不做“导师型”妈妈的邓立特别重视与儿子的平等，什么都商量着来，出差多了还要向儿子“请假”。去年11月，有三周出差，前两次都成功“请假”了，到了第三次，牛牛严肃地说：“一天两天妈妈也得请假！”邓立只好耐心解释。道理牛牛能懂，但毕竟是孩子，还是哭了一鼻子。

不上班时，邓立除了陪牛牛学英语、打冰球外，两人主要的活动便是阅读，各自占沙发一头，人手一书。最初主要是邓立读给牛牛听，一套7册《哈利波特》讲了两年半，儿子最开始是听众，慢慢变成了分析、推测，像福尔摩斯般推导剧情的发展，乐趣多多，母子俩开玩笑说，世界上就分两种人，一种是看过《哈利波特》的，另一种是没看过《哈利波特》的。

邓立念到关键时刻就停了，对急切“求下文”的儿子说：“唯一办法就是自己多认字，读书不求人。”后来，牛牛“从文盲变成了半文盲，直至非文盲。”有一天，牛牛宣布：“我要读《三体》了！”第二天，他又知难而退：“哦，它对我来说还太早！”知进取，亦知退，邓立很欣慰。

在一种不缥缈的童话故事里，她与儿子之间亲密但不亲昵，儿子已是一个独立的男子汉。而她，永远是他的，淡定地在现实中战斗着的，坚强的后盾。

■导演侧记：我们都是执着于让自己和孩子过得更好的人

郑枫

《母语》正式启动之后，我也就开始了出差的生活，几次之后，墨墨忍不住跟我说，妈妈，你能不能换个工作，不要出差了。最要命的是，在那几次的出差里，有一半，我一走，墨墨就应声病倒，而家里只有外婆一个人带着高烧的他……

所以，采访邓立，我自己的触动很大，都是独自带着孩子生活，都有一些难以言说的不易，有时都需要一点迫不得已的坚强——我其实特别不喜欢用“坚强”一词，可能一说，就会不小心透露心底的软弱或者处境的难，然后别人就会以“怜悯”的眼光来对待，这不好，也没必要。

邓立是我一个闺蜜的闺蜜，在一年多之前，我们也成了朋友，曾经在成都、拉萨见过面。她是《母语》最早期的观众之一，也是最早答应参与拍摄的嘉宾之一，从一开始就给了不少建议和帮助。但在真正开始采访之前，我对她还是不熟悉的，直到采访、剪辑、不断修改、不断听着她说，才更深地理解到她，然后发现，内心会疼会酸。她是职场上的强人，也是孩子的好妈妈，但就是这种强和好，让人心疼：

她说，有一次人都在机场准备登机了，孩子突然一个电话打过来，大哭，妈妈不要走；她说，孩子为了和她有一起吃晚饭的感觉，拿起刚刚端出锅的饺子，哈着热气就赶紧吃……

尤其是孩子牛牛和她之间的那种紧密的牵连，更让人觉得疼：

牛牛说，如果有一台时光机，我就可以永远和妈妈在一起了，妈妈出差，我就坐时光机去到她还没出差的时刻；牛牛说，妈妈有我一个孩子就这么幸福，那我将来要生一百个孩子，这样她就会更加幸福……

我在想，邓立这样一个人，打动的应该会是很多职场妈妈们，很多有着情非得已的工作、生活体验的妈妈们。

如果你留意，会发现，在片中，我特意用了一个画面，来自邓立办公室墙上的贴画，上面有句话是“女人要撑住”。老实说，这样的话，就跟“坚强”这样的字眼一样，我不喜欢，因为，在凌厉的生活面前，不管男人、女人，都需要撑住，都需要坚强。但是，也许，在整个社会现实里，确实，会有部分女人，迫不得已地更加需要“撑住”和“坚强”吧。但是，这种“撑住”和“坚强”，更多的是为自己摇旗呐喊，不是为了博取同情。真正独立的人，不需要这些，不论是邓立还是我。我的心疼，仅仅是一种感同身受。

昨天还在和朋友讨论“勇敢”一词，有些人会认为我的一些所作所为很勇敢，但其实我自己根本不这么认为，很多时候，我焦虑担忧得要死，丝毫不勇敢。所以，我很早就说过，我所做的一切，不是因为我勇敢，只是因为我执着。

这么说来，母语的妈妈们，包括我自己，都是执着于让自己和孩子过得更好的人。

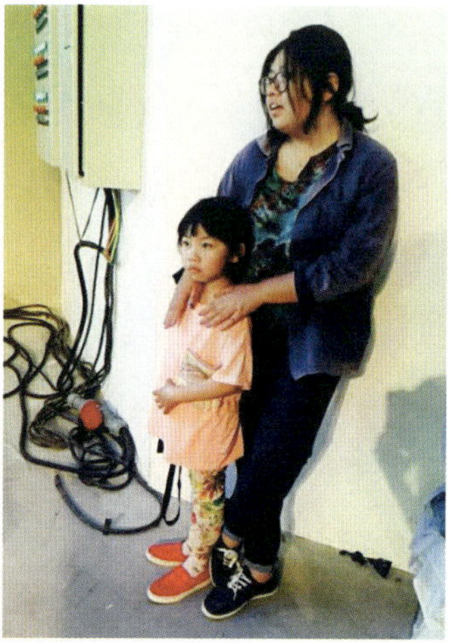

10/12 郭小寒

“我跟女儿的相处，就和谈恋爱一样，不需要每天 24 小时在一起，我们充分享受在一起的那一段时间就好了。”

——郭小寒

乐童音乐联创人，演出策展人，童话作家。

曾出版童话绘本《小小爱》《大大事》等。中国摇滚民谣音乐圈著名人物，人称“摇滚酵母”。家有一女。

■ 更多郭小寒亲子视频，尽在公众号“HeyMom 养育研究所”

「她说」

女儿六岁，而我是九岁。

我不会选择去做一个全职母亲，于我而言那样会封闭很多通道。有工作有生活，有事业有家庭，都是你跟世界连接的通路。如果只跟孩子在一起，你跟孩子的能量是互相损耗的。

我不会太沉浸于一个家长的角色里。比如孩子间抢玩具，那就自然发生吧，谁抢到了谁厉害，抢不到也没关系，我不会去主持公道，判断谁是谁非，小孩的事小孩自己解决。

有一次女儿一大早蹦到床上让我陪她玩，我特别困，就跟她说我现在扮演一个刚吃了毒苹果昏迷了的母后，公主你去院子里采集十种草药就能把我救醒。她很高兴地去了，我也很高兴地又睡了一小时。所以很累的时候也可以陪孩子玩，就是得学会“偷懒”。

女儿不是一剂“百忧解”，而是当你成为“母亲”，这个角色放大了你的正能量。让这个属于她和你的世界更加简单、纯真、透明、闪闪发光、充满善意。

春天，就是你从很远的地方跑过来

“妈妈，我们去捡一点春天吧！”

“好吧。”

两岁多的女儿，在自己独创的语言世界里表达着自己的想法，她说的每个字，都那么新奇独特，我都想记下来，就像一首出其不意的小诗。

于是，我带她出门，带上我给她在菜市场买的小小编制花篮出门，去公园里“捡春天。”

这通常是我与女儿最佳的“约会”方式。有了女儿之后，身体仿佛也多生出许多触角，以前看不到的，感觉不到的，现在能有明晰的体会。在小孩子的世界，因为什么都没有经历过，所有的东西都是好奇与美的：一颗开了小花的野草，能让女儿开心地围着跳舞；一只飞走的麻雀，能让女儿对天空大声歌唱；一个小小的蚂蚁窝，她能看上半个小时；一颗小石子，她会看见与别的小石子有什么不同；一只蜗牛的空壳，她会说是自己捡到了大海里的宝贝……我陪伴在她身边，仿佛也变成了小孩子，开新用好奇与欣喜的眼光重新打量这个世界。

所以，我所谓的育儿经验，无关教养和训练，只是陪伴在女儿身边，与她一起生长。

如果出门，我会先征求她的意见，通常会在天气好的时候去郊区亲近自然。我们不太去著名的景点，而是常去花草树木多的地方接地气。在北京我们经常去植物园、奥体公园、天坛，以及郊区的山里。大自然是最好的老师，我们可以在里面学习颜色、形状、名称、内涵，以及所有想学到的东西。当然作为一个大人我会做一些物质上的准备，比如一个实用的双肩背包，后背有个拉链的那种，方便取东西。小孩必须的饮用水、水果、零食、纸巾、毛巾和一套干净的可换衣服，都会装到里面。我通常还会装一本绘本书和一只她喜欢的玩偶。在路途上，我让她照顾这只玩偶，跟玩偶讲话，她们一路陪伴，分享路上的发现，并不孤独。

到了外面，就是她的世界，我通常不会阻止小孩子在自然的环境中玩土或者捡拾地上的小石头小树叶之类的东西，这是她自己探索、发现、寻找世界的过程，不能害怕衣服或手脏了就横加阻止。我给她买过的她最喜欢的玩具就是上文提到的那只小花篮，让她的发现旅行变得有意义，还可以让她把自己认为有价值的东西保存下来。这只花篮她装过香山最美的银杏树叶，装过盛开的蒲公英，装过杨树掉下的毛毛虫，装过各色的野花、石子、贝壳，装过所有她觉得重要的东西。

这是她与世界发生关系的一个工具：她觉得美丽的、重要的值得

纪念的东西，她会选择、收集、纪念起来。

我不太知道一片树叶或一朵花她选择装与不装进去的判断标准是什么，但确实有这个标准在：她有一次把我的宝石项链装进去，然后在看到一个野生豆荚的时候，把宝石扔出来，然后郑重地把豆荚装进去。其实这个标准也很简单，世界所有的东西，分为可以进篮子和不能进篮子两种，分为好看和不好看两种，或者好吃和不好吃的两种，依次类推：所有的心情可以分为开心和不开心的两种，所有的人可以分为喜欢的和不喜欢的两种。这对小孩子来说很简单，但一个大人，要经过多少心的历练，才可以重新从复杂变回简单。

这是一个放弃太多内心戏和形容词的过程，但又在本真的世界里发现了更多细节。舒比格说："当世界年纪还小的时候，万物都得学会生活。"

女儿轻松随意地撕掉了我伪装多年的外套，把我拉到或者提升到她的认知水平，再次接近、回到那个纯真的世界，仿佛重新再活一遍。

她小，所以她眼里的世界是大的。她好奇，也经常害怕。她柔软，所以可以随意动胳膊，动腿，动屁股、眼睛、鼻子、舌头、耳朵，那么大人可不可以不那么麻木僵硬，只会动动手指头？

她觉得玩具熊是最好的伙伴，当我们与朋友疏于联系的时候，我想起她。

她觉得拌了肉松的米粥是世界最好吃的东西，当我们在各种选择面前越发迷失的时候，我想起她。

现实的世界里，当然还有其他不开心的事，你随便想想就有许多，像清晨梳头时随便掉下的头发。女儿不是一剂“百忧解”，而是当你成为“母亲”，这个角色放大了你的正能量。让这个属于她和你的世界更加简单、纯真、透明、闪闪发光、充满善意。

她也教会你另外一种思维方式，当你出门、离开她，面对更复杂宽广灰色的生活时。她幼稚，随性地笑，也会随性地哭，这件事真的有那么令人开心或悲伤？用她的思维方式来想：并不是所有的表情都需要一个理由，也不是发生了什么都需要急着解释。她度过的每一天都认真睡觉，努力吃饭，使劲地玩耍。如果大人们把每一天都当作最后一天来过，会不会也是这样？

与女儿的旅行，其实每天都在发生，在生活中，我们每一天的经历都是一场未知的旅行。女儿轻松随意地撕掉了我伪装多年的外套，把我拉到或者提升到她的认知水平，再次接近、回到那个纯真的世界。

在上一个“捡春天”的旅行中，我们用了一个上午的时间，在公园找到了几根松树的枝叶、几朵漂亮的小紫花、树下落下的梨花花瓣、玉兰花瓣、黄色连翘花瓣、几只蜗牛壳、一小段弯曲的干树枝……她说：“这是春天带给她的礼物。”

在回家的路上，她已经在车上睡着，红红的脸蛋上有些笑意，也许在做梦，她的头倚着我的一只胳膊，我用另一只胳膊在手机的备忘录上写下了下面的小童诗：

“春天，就是你从远远的地方跑过来”。

是的，与女儿度过的日子，我多了很多创作的灵感。那些与女儿的共同生活中重新发现的小场面、小风景，那些简单、直接、透明的小情绪，那些没来由的小想法，我留意到、体会到、想一想，然后用最原始的方式纪录下来，并请朋友配上了稚拙的插画，形成又一本童话绘本书《大大事》：那些大人忽略掉的事，对于小孩来说确是天大的大事。正是这些事，这些场景形成了大人与小孩子的区别，也形成了判断这个世界是否有趣的标准。我记录的过程像是给不会写字也不识数的女儿记下的童年日记（这些记忆一定会在她学会写字和识数的过程中消失），所以我做好必要的准备，让所有可能美妙的故事经常发生，然后把它及时采摘、冰冻、储藏，变成了一套新的故事，也是一套新的密码——既是大人与小孩沟通交流的密码，也是在成人世界的隐秘国度里寻找同道中人的密码——在成人的世界里，还有一个隐秘的国度，那里的人面对复杂，却保持着欢喜。

在这个发现纪录和使用密码的过程中，我不再是一个生活的旁观者，而是深入生活其中。

有些事，

在大人的世界里微小得几乎不存在，

甚至是真的看不见的。

但对于小孩子来说，

却是比天还大的大事啊！

这些事，

它们轻盈而精确，

微小而重要，

是风里的表情，

是角落里的小闪光。

正是对这些事的对待态度，

让小孩子之所以是小孩子，

让大人最终沦落为一个大人。

如果你是一个孩子，请记住这些你成长中最重要的大事。

如果你是一个大人，请你用温柔的目光把这些小事照亮！

■采访手记：树在森林里，不需要知道自己是树

JY

一颗行走的树

最近，她在听一首新歌，小河的《森林里的一棵树》。歌中唱道："森林里的一棵树，不需要知道自己是一棵树。"她听着它，去了欧洲，在绿色的无限广阔的大地上，摸到一棵又一棵不同的树。

她叫郭小寒。没有半点儿矫饰，一张坦然的脸，眼神儿直扑扑。初见生人略有不适，严肃状；说了几句话后，因为心放松，眉头与嘴角就都在微笑了。

他人的评价

在很多人眼中，她是著名的"摇滚酵母"；在一些人眼中，她就只是一个率真的小姑娘。在朴树眼中，她或许是一只"功夫熊猫"。"曾经迷恋黑暗和 Pogo 的 Hardcore 文艺少女，我是如此期待你早日

成为我们都爱的那只功夫熊猫。”嘿！或许，现在已经是了。

女儿说

女儿小名毛丫。毛丫说：“妈妈，在我们一起玩的童话游戏里，你是亲爱的母后；在生活里，你是我的好朋友。”

自己说

“我女儿毛丫今年六岁多，而我，其实也就九岁多。”她说，“不要带领你的孩子，而是让她带领你”。

爱是什么？

记忆中，对爱，她一直缺乏足够的掌控力，每每试图撕破那层包住自己的壳。一只害羞又大胆的巨蟹，有一对锐利的螯。人生是一片沙滩的话，螯总会伸出来，保护自己，获取食物。这就是爱么？

社会怎样呢？

她当过京城著名的记者，为一本关于年轻人的周刊采访与写稿；她当过摇滚经纪人，将一台台令青春摇撼的演出奉献给热爱生命的人们。现在，她是管理者，一家互联网公司的合伙人与副总裁，继续做跟音乐有关的事。

社会说：“无论你的内心怎样，你总要对我有所贡献！”

大好春光

办公室，玻璃门前贴着一行字：大好春光。上班，“朝九晚没点”，每天清晨，从南城的家去位于城北的公司，穿城而过，是一个普通人的日常。上午，她集中精力，独自构想一些策划方案；下午处理一些杂事或给员工开会；晚上有事情没处理完就继续忙碌，有客人来访便笑脸接待。

“大好春光”，井然有序，一刻儿也不停歇。

书架上的心灵世界

有人曰过，了解一个人心灵最快捷的方法之一是去看她（他）的书架。她的书架上，无论是家中的，还是办公室里的，一览无余地展现她心灵世界的地质——由音乐、诗歌、小说与童话构成的“白岩石”。有点儿庞杂，有点儿丰富。

做着互联网产业，却在下班后，完全断网。“回家后，听音乐，然后读书……”这样一种时空，仿佛一种过滤器，所有嘈杂都止住了。

反差，一点儿也不违和

在她身上，有些看似矛盾之处。

在欧洲，她路过一家呈列各种洋娃娃的博物馆，被惊吓到了，之后“失魂落魄地游荡”到一家酒馆，仰头大喝。那么，害怕洋娃娃是害怕内心的小孩子么?

办公室的墙上，挂着一个镜框，框里是日本动画片《你看起来很好吃》的主角：一只萌恐龙。一张写着辛波斯卡诗句的卡片插在框的下端："他为自己制作了一把玻璃小提琴，想看一看音乐长什么样子。"

门上垂着一块小牌子，上书：专注烧脑中，别来找我撕。这块牌子会在上午挂出来，中午后就拿掉了。理由是：的确不希望那个时间段被打扰。

在主持与参加活动的公众场合，她都特别坦荡与大方，在众人面前展示绝佳的口才(毕竟是曾经的"摇滚酵母"与如今的管理者呀！)。

一个人的外层，其实具备了多个侧面。原来，反差之于小寒，从来都是真实的。

变化，的确发生了

当妈妈之前与之后，最大的变化是什么呢?

她说："以前我是特直接的一个人，喜欢怎么玩怎么躁都行，但是现在很多事情都需要权衡和选择，有了更多的小心翼翼，更多的谨慎。"

树林里的秘密城堡

南城家的小区里，有一片树林子，其中有女儿毛丫的秘密基地。

在一种日常游戏中，作为妈妈的她，受邀入访。女儿毛丫向她逐一介绍：“这儿是客厅，这儿是厨房，这儿是楼梯……”这是毛丫想象中的城堡，一个属于她的未来广阔世界的模型，而她，这个妈妈，只是一个陪伴者与见证者。

在游戏中，她们一起成长，突破六岁与九岁，走向成年人的世界；她们相互管理，一道学习怎么在爱中生活，怎么在生活中去爱。这是母女俩的“大大事”。

11/12 赵子琪

“我向来喜欢没什么规划的、不太整齐的花园。在广院上学的时候，那里有一块草地没人打理，杂草丛生，最高的草能到腰。我特别享受每次从那里经过的时光，会有种在郊游的错觉。后来，园丁们修剪了草坪，就不再有那么欢乐的感觉了。所以啊，院子就让它野一点，孩子也让她野一点吧。”

——赵子琪

中国内地女演员，代表作《别了，温哥华》《我的青春谁做主》《幸福保卫战》。与著名出版人路金波育有两个女儿。

■ 更多赵子琪亲子视频，尽在公众号“HeyMom养育研究所”

「她说」

育儿专家说的那些，是一百分的预设，是完美的状态，比如爸爸妈妈要怎么陪孩子，陪伴多长时间。但人生并不是完美的。每个人都有他的人生和际遇，不必强求。

当了妈妈之后就开窍了，对人和人关系的理解会不一样。有了女儿之后我才知道，和人亲密无间是这种感觉。我希望她觉得在我身边可以崩溃，可以撒娇，可以哭，可以闹，可以不讲道理。

妈妈要永远做孩子的退路，我觉得这挺重要的。

我小时候经常会因为吃饭慢挨打。现在当了妈妈以后，就想要回避上一代对我们的那种态度，所以我会对孩子比较宽松。吃饭，想吃吗？真的不想吃的话，那就玩去吧！

很多人的童年里面都有个特别严厉的母亲，还有很多母子、母女会在青春期矛盾激化。但是十几年过去，她们自己做了母亲以后就会和自己的妈妈渐渐和解。

妈妈是孩子永远的退路

拍《伪装者》的时候，他们联系过我，当时我推掉了。他们在横店拍，我没法带着孩子去那儿。当时那一系列戏都推掉了。

我没有后悔，因为我觉得其实养孩子这几年，我收获特别多，这是人生特别难得的经历。当了妈妈之后，好多东西就开窍了，对人和人的关系的理解变得不一样了。

在老大小时候的那个阶段，有一定的牺牲吧。只有老大的时候，我其实是比较紧张的。我三岁之前没怎么见过我爸妈，所以我希望我的孩子不要面对这个问题。

三岁之前，是亲密关系建立的特别重要的阶段，过了这个阶段，一辈子都不可能很亲密。

有了女儿之后，我才知道跟人亲密无间是这个感觉。我很珍惜这种感觉，想把它延续下去。我至少保证在三岁之前她们每天都能见到我，让她们一辈子都觉得在我面前随时可以哭，可以崩溃，可以撒娇，可以不讲道理。她要有一个退路。

妈妈要永远做孩子的退路，再混不下去了，还有个妈妈在后面能撑着她，这挺重要的。

我有个女朋友，跟妈妈特别好，到现在两个人还腻在一块。她谈恋爱，也会分手，但分手特别淡定。我分析，她和她妈妈的亲密关系让她特别有安全感，她不觉得失恋是个多大的事。

“花无百日红”，演员也是的。不是说你一直拍戏，就能一直在那个位置。我觉得人就是找一个平衡吧，因为除了工作以外，我还挺爱玩的。在这几年里，我去学了木工，学了做陶，学了插花，学了茶，然后现在学健身。即便这样，还是有很多东西没时间去学。因为学东西，陪孩子的时间相对减少，但我觉得也是有好处的，比如至少让我女儿知道，做个女人一辈子可以干什么。

有一天，我们家老大说的话，让我特欣慰。就是聊起来长大了以后要去做什么。她说，长大了以后就去要工作，还要玩，要旅游，还有要去健身。我就觉得太棒了。我想要的就是，你要知道自己去做什么，什么东西是重要的。妈妈自己以身作则，孩子就会知道什么是正态的，不是因为你强加给她，而是她自己看到你在做这些事情，潜移默化深入她灵魂了，她就知道这些就是生活的组成部分。

爸爸这两年工作很忙，基本上他存在的意义就是在假期带孩子出来玩。有一次爸爸带着老大，然后来了一个电话。爸爸只要接电话就会满世界溜达，完全沉浸在电话的事情里。我就跟老大说，以后爸爸只要接电话你就一直抓着爸爸的裤兜或者衣角。老大就“嗯”。后来只要爸爸打电话，老大就这么做。我觉得爸爸带孩子也很好，对孩子也是一种锻炼。

还有一次在美国，他要去找作者谈书的事情，带着老大出去了。吃完饭回程，路上老大说“爸爸我渴了，我要喝水”。爸爸说，“呦，没带杯子”。孩子呢，就渴得哇哇地哭。他居然一拍脑门跟老大说，“你看你脸上是什么？”因为孩子哭得脸上都是泪嘛。然后爸爸说，“你脸上的不就是水吗？你尝尝。”然后孩子就真的捞了眼泪往嘴巴里放，尝了眼泪是咸的还很高兴地笑了。回来爸爸就很自豪地跟我说这件事，气得我只想打他。爸爸带孩子有时候是比较夸张的。

相比妈妈，爸爸陪伴的时间是少。但我觉得只要孩子跟他在一起也能玩得很疯，也很开心，就够了。有妈妈的陪伴呵护就很幸福了，一百分的家庭环境不用刻意强求。

■采访手记：不过多追求完美的完美主义者

芮博

她是“选择为自己买单”的林念初；

她是“渴望做一个全职太太”的兰珊；

她是“为爱努力”的董芳。

不完美的美好生活

抛去戏剧中的百变性格，舞台上的耀眼身姿，明星的私生活向来是备受好奇的。当我们踏入如是咖啡时，赵子琪正坐在吧台前，一席藏色连衣裙，长发披肩，沉静的模样让人无法想象她那意气风发的职业。

每次回到大理，赵子琪总爱来这里喝一杯咖啡，再跟自己的咖啡师傅讨教一番。就如同她喜爱去花市买一束花，去市场带一些新鲜蔬果，去特定的西点店选几种甜点。

“虽然希望孩子们能多接触大自然，但其实还是因为我想来而已。”这些琐碎、平凡，却又安逸的生活，是赵子琪的选择。

孩子们在店外与父亲玩得咯咯直笑，而她怡然自得。毕竟，“父亲存在的意义就是在假期”，这也是他们一家的相处之道。父亲尽管忙碌，但这并不影响果果和豆豆对他的依赖。

“人生不能要求完美，也没有必要。该忙时忙，带孩子时能一起疯玩，并抢着把脏活干完，这很不错了吧。”谈起自己的丈夫，赵子琪笑道。

工作是抽空完成的任务

“花无百日红”是赵子琪对自己工作的形容。因此，提起因为不想长时间离开两个女儿，所以拒绝了热播电视剧《伪装者》的拍摄邀请时，她显得云淡风轻，“事业也就这样。”在她看来，分享女儿们在花丛中发现小花时的快乐，与努力得来的掌声并无二致。

“养孩子这几年，收获得特别多。”赵子琪说自己在当妈后“突然开窍了”。插花、烹饪、陶艺、健身……对学习充满热切渴望的她笑称：“想学的东西太多，只能抽空工作了。”而在学习的同时，她也总会把女儿们带在身边。

插花总有她们的份，捏陶当然也不能落下，何况还有健身。

这一过程中，最让她感到欣慰的，应当是大女儿果果对于“女人一辈子可以干什么”的回答：“要玩，要旅游，要工作，还要健身。”她对女儿的答案感到惊喜，这是以身作则的力量“妈妈需要知道自己想做什么。”

妈妈是永远的基调

因为某些家庭原因，赵子琪在三岁以前没怎么见过父母。不懂如何撒娇的她，格外享受与女儿们建立亲密关系。“直到有了女儿以后，我才知道，跟人亲密无间是这样的感觉。女儿的依偎是一种奇妙的、让人无法忘怀的感受。我很珍惜这种关系，想要把它延续下去。”

简单又可爱的心愿，上帝没有不满足的理由。

在屏幕上，她是变幻莫测的角色。但更多时候，她是赵子琪，是爱玩的、并不圣母的，能让孩子“可以随时在我面前崩溃、哭、撒娇、不讲道理”的退路。

与儿同乐，与夫连理，“为了学习更多东西只能抽空赚钱”的人生，或许正是不完美中的完美吧。

12/12 粥悦悦

"养孩子就是我日常工作的一部分，与孩子相处发生的小事情、小思考都是我创作的内容。所以我的工作就是养孩子，或者说养孩子是我工作中很重要的一部分。"

——粥悦悦

手绘漫画家，畅销书作家。

代表作有《悦妈怀孕日记》《悦妈成长记》《二宝来了》等。育有一儿一女。

■ 更多粥悦悦亲子视频，尽在公众号"HeyMom 养育研究所"

「她 说」

我觉得夫妻俩谁在哪方面擅长，谁就去做哪块，而不应该就用一个模子去套。

我的工作就是养孩子，或者说养孩子就是我工作很重要的一部分。

我生完第一胎时每天心情都很抑郁，完全不知道怎么照顾新生婴儿。第二胎时住进了月子中心，享受被人照顾的感觉，心情也好很多。所以，养孩子可能真的跟家庭的经济基础有点关系，比较好的经济基础，会让妈妈少一些抑郁的经历。

99% 的产后抑郁，都可以轻松解决

那天收到一位妈妈的留言

她很困扰地问：为什么宝宝养到十个月，我却越来越压抑，透不过气？晚上无法安睡，白天有做不完的家务，像坐牢一样。感觉自己一点点在失去，看着旅行广告，觉得比中五百万还遥远……我很痛苦。每每看到别的妈妈说，养孩子很辛苦，但看到孩子的笑容，就什么都烟消云散了。为什么我散不了，我很自私吗？我太脆弱吗？为什么我一次次后悔生孩子？为什么别人虽然累，但开心，而我总在质疑养孩子的意义在哪里？

悦妈第一眼的判断是：轻度抑郁症

悦妈也曾经有过这种经历，那是种绝望的心情。哭，已经不能释放心中的压抑，我甚至痛苦到撞墙，用笔戳手臂自虐。我也是第一次明白，心中的抑郁无处释放时，只能通过肉体的疼痛来缓解。无数次想自杀，一想起孩子没妈可怜，又内疚到哭得稀里哗啦……你肯定会

想，悦妈看起来那么积极乐观坚强，怎么会抑郁呢？但是，我真的抑郁了！

我给这位妈妈的建议是：寻求老公帮忙，暂时摆脱当下生活，去休息和放松。可以去按摩，洗脸，美甲，逛街，买买买，讨好自己，重拾生活的信心。

我认为我是个乐观的人，可这些天，我焦躁、烦闷、任何东西看到都不顺眼、不愿意说话，不相信任何人，动不动就掉泪，花生米跟我说话，我要么不吭声……

要么就吼他……

花生米见我这么奇怪，就尽量少惹我，他越不理我，我越脾气大，经常故意找茬骂他。

瞳瞳妈电话我询问小花生米情况，我忍不住哭起来，我告诉她我觉得生活特没意思，她说我得了抑郁症……

她不提醒我，我还真没发觉我得了抑郁症。抑郁症都有原因，我好好审视自己焦虑和苦恼的原因。

原因一，小花生米总是莫名其妙地哭闹，我不知所措，总担心他有病，害怕失去他。

原因二，总被人说我没奶，或奶不够，有很强的罪恶感。

原因三，花生米创业，工作收入都不稳定，我也没办法上班，家里开支巨大，担心养不活小花生米。

原因四，在月子期这不能做，那不能做，很多事情想自己来，比如洗澡，洗头，做合胃口的饭菜。

原因五，漂流在外，无依无靠，没钱，没房，没户口，开始担心小花生米未来上学问题。

原因六，浑身上下都很浮肿，睡不好，还被小花生米折磨，没时间没精力收拾自己，整天蓬头垢面。

瞳瞳妈电话给花生米，跟他分析我的情况，并叮嘱他好好照顾我。

给我多点安慰和鼓励。

说说心里话，表达下爱意。

宝宝出生后，全家人的注意力都放在宝宝身上，细致入微地照顾宝宝，沉浸在新生宝宝的喜悦之中。实际上，最需要照顾的是妈妈。妈妈生完宝宝后，身体、心理都会有所不适应，需要一点时间接受和适应一切。爸爸应该多照顾、安慰和鼓励妈妈。妈妈照顾好了，吃好、睡好、心情好，作息规律，才能产高质量奶水，宝宝才会更健康！

如何把一个男人变成奶爸？

米爸，是我认识的男同胞里为数不多的优秀奶爸。对孩子照顾有佳，我们夫妻关系也越来越默契。但很少有人知道，我和他一路走来并非顺利，婚姻和家庭都出现过危机。只是后来，我们彼此都做了很大的改变……

没有人天生会当爸妈。

曾经……

我是一名怨声载道的超级怨妇，

米爸是一名颓废丧气的失意男人。

我对待米爸的惯用手段是责骂，

贬损，挑剔、数落……

米爸对我抱怨的回应就是麻木，

消沉，自卑，袖手旁观……

急了就撒泼，一哭二闹三上吊，拿离婚和死亡来威胁……

曾经的幸福婚姻，因为孩子的到来，一度走到崩溃的边缘。我还逢人就哭诉，把米爸贬得一文不值，骂得千刀万剐。

直到有一天，一个大我 10 来岁的姐姐跟我说了一句话。

想想也对，米爸还是曾经的他，温和体贴，他并没那么糟糕，只是走上养育之路，我常常把他拒之千里。

二宝出生，我再也不够精力霸占两个孩子，我不得不示弱，也试图去改变自己的态度和方法，尝试把孩子交给米爸尽可能不挑剔，少抱怨。

当真正放手就会发现，男人真的可以照顾孩子，完全没有想象中糟糕甚至超过了期待。

我也越来越多地鼓励他，夸奖他，在微博朋友圈晒他，在孩子面前赞美他，只要有必要，就尽可能地拍马溜须。

夸得连他自己都相信自己真是个很棒的爸爸。

孩子默认是他的责任，他也就特别上心。而我不再时刻关注孩子，把更多的时间投入工作，只有忙起来才没空抱怨挑剔。

渐渐地，他越来越懂孩子，越来越会照顾孩子，方方面面考虑得比我还周全。出门永远背一个无敌全能包，孩子东西携带齐全。

他承担了大娃上学、上兴趣班的所有接送及学校的全部事物，承担了二娃全部早教课程，他还会阅读育儿书，给孩子讲故事，陪孩子做手工，堆乐高，陪孩子疯玩。

二宝离乳后，米爸承担了二宝绝大部分的陪伴。洗屎屁换纸尿裤也由他包了。

其实，只要你放得下手，放得了心，每一个男人都有变奶爸的潜质。

图书在版编目（CIP）数据

母语 ： 我爱极了做妈妈 / 陈晓楠等著 ； 丁颖， 郑枫主编 .
-- 北京 ： 北京时代华文书局， 2017.3
ISBN 978-7-5699-1419-1

Ⅰ . ①母… Ⅱ . ①陈… ②丁… ③郑… Ⅲ . ①随笔－
作品集－中国－当代 Ⅳ . ① I267.1

中国版本图书馆 CIP 数据核字（2017）第 039499 号

母语 ： 我爱极了做妈妈
MUYU WO AIJI LE ZUO MAMA

著　　者 | 陈晓楠　宁　远　粥悦悦　三川玲　等
主　　编 | 丁　颖　郑　枫

出 版 人 | 王训海
选题策划 | 陈丽杰　袁思远
责任编辑 | 陈丽杰　袁思远
装帧设计 | 孙丽莉
责任印制 | 刘　银　范玉洁

出版发行 | 北京时代华文书局 http://www.bjsdsj.com.cn
北京市东城区安定门外大街 138 号皇城国际大厦 A 座 8 楼
邮编：100011　电话：010－64267955　64267677　57735442
印　　刷 | 固安县京平诚乾印刷有限公司　0316-6170166
（如发现印装质量问题，请与印刷厂联系调换）
开　　本 | 880mm×1230mm　1/32　印　　张 | 7　字　　数 | 120 千字
版　　次 | 2017 年 4 月第 1 版　印　　次 | 2018 年 3 月第 4 次印刷
书　　号 | ISBN 978-7-5699-1419-1
定　　价 | 39. 80 元